천국에 ✻ 염라가 ✻ 산다

천국에 ✦ 염라가 ✦ 산다

이담 장편소설

사회평론주니어

차례

1부

율민, 오늘의 운세 11
차기 염라대왕 후보 15
강제 임명 32
추적의 시작 41
정체 확인 61
화장하던 날 75
저장 장치 84
예상은 빗나가고 94

2부

율민, 두 사람만의 교감 109
헷갈림 116
감춰진 비밀을 찾아서 133
새로운 저장 장치 145
나의 정체성 158
가슴에 담긴 진실 172
그만 갈래 193
마지막 인사 203

작가의 말 214

율민, 오늘의 운세

"오늘의 운세는 '귀인과의 동행 시작'이야."

귓가에 속삭이듯 들려주는 오늘의 운세. 또 그 애다. 평소와 다른 운세지만 생각할 겨를은 없었다. 어떻게든 그 애를 붙잡아야 했다. 율민은 얼른 손을 뻗었다. 그러나 눈 깜짝할 사이에 그 애는 사라져 버렸다. 율민은 지하철 개찰구 입구에 선 채 주변을 두리번거렸다. 이상했다. 하루이틀 정도라면 미친 사람이라고 여기겠지만, 벌써 3주째 율민에게 벌어지는 일이었다.

"오늘도 만났어?"

지하철역을 빠져나와 조금 걷자, 어느새 준석이 다가와 율민의 목에 팔을 두르며 물었다.

"팔 좀 치워라. 덥다."

"그러니까 여신님을 만났냐고."

"여신은 무슨…."

율민은 준석의 말에 동의할 수 없었다. 그저 키가 크다고 말했을 뿐이다. 그 한마디에 준석은 그 애를 '여신'이라고 부르기 시작했다. 이건 지나친 단순화의 오류다. 이후에도 준석은 멋대로 상상하곤 했다. 양 갈래로 머리를 땋았다는 말에는 "예쁘게 생겼구나."라고 반응했다. 오늘의 운세가 계속 맞는다고 했을 때는 '행운의 여신'이라며 흥분했다.

"추측해 보건대, 이건 플러팅이야. 조만간에 다음 진도를 뺄 게 분명해. 원래 연인으로 발전하는 과정에는 단계가 있잖아. 처음에는 관심 유도, 그다음에는 스킨십, 또 그다음에는…."

준석은 갑자기 말을 멈추더니 혼자 웃기 시작했다. 이상한 상상을 하는 게 틀림없다. 사랑이니 연애니 하는 거창한 단어로 훈수 두려는 모습이 꼴사나웠다.

'여친 한 번 사귀어 본 적 없으면서….'

율민은 걸음 속도를 올렸다. 뒤처진 준석이 같이 가자고 외쳤지만, 못 들은 척하며 더 빨리 걸었다. 그러는 사이 교문을 지나 교실에 다다랐다.

자리에 앉은 율민은 문제집을 꺼내 펼쳤다. 문제집 내용이 눈에 들어오지 않았다. 양 갈래로 머리를 땋은 그 애 얼굴이 머릿속에서 둥둥 떠다녔다. 무시해 버리고도 싶었지만, 그러기에는 오늘의 운세가 기가 막혔다. 자전거에 부딪혀 휴대전화 액정이 나갈 거라는 운세도 정확히 맞았고, 수학 선생님이 학교에 나오지 못해 국어 수업으로 대체될 거라는 예언도 틀리지 않았다. 특히 화장실 세 번째 칸에서 모닝똥을 싸지 말라던 조언은 다시 생각해도 어이가 없었다. 혹시나 하는 마음에 다른 칸을 이용했는데, 그날 아침 세 번째 칸의 변기가 막히는 바람에 다른 아이가 곤란을 겪어야 했다. 그 애가 화장실 가는 시간까지 내다봤다고 생각하니 헛웃음이 났다.

문득 평소와 달랐던 오늘의 운세가 떠올랐다. 어제까지는 그날그날의 주의 사항을 말해 주는 정도였으나, 오늘은 귀인과의 만남이 있을 거라고 하지 않았던가. 율민은 고개를 갸웃했다. 그러나 마침 울리는 종소리에 떠오르던 생각이 수그러들었다. 떠들던 아이들도 조용해졌다. 앞문이 열리며 담임 선생님이 들어왔다.

"기말고사 끝나서 긴장이 풀렸겠지만, 곧 고1이다. 지금부터 공부 더 열심히 해야 한다는 거 알지? 일단 올 여름방학에는 학습량을 올리도록. 알겠나?"

아이들이 심드렁하게 "네." 하고 대답했다. 그래도 담임은 대답을 들어서 좋은지 미소를 지으며 이어 말했다.

"놀라운 소식이 있다."

중3에게 놀라운 소식이란 게 뭘까? 여름방학이 길어지나? 아니면 담임이 그만두나? 가능한 모든 상황을 가정해 보았다. 하지만 이어진 담임의 말은 별거 없었다.

"우리 반에 뉴페이스가 왔다."

고작 전학생 정도로 호들갑은…. 그래도 뉴페이스라는 말에 아이들은 웅성거렸다.

"들어와라."

교실 앞문이 스르륵 열렸다. 키가 큰 여자아이가 교실로 한 발짝 내디뎠다. 그러고는 사뿐히 걸음을 옮겨 교단 위로 올라갔다. 양 갈래로 땋은 머리, 한껏 끌어올린 입꼬리, 속마음을 알 수 없는 새까만 눈. 그 애였다. 율민은 눈을 질끈 감아 버렸다.

✦ 차기 엄라대왕 후보

지금 내 눈에 보이는 365층짜리 회오리 모양 건물은 메타저승이다. 저승의 시간으로 다섯 달 전에 세워졌다. 새로운 저승을 나타내는 상징 중 하나인데, 언뜻 보면 꽤 멋있고 이름도 근사한 편이다. 그러나 이용 방법이 불편해 영혼들 사이에서 불만이 끊이지 않았다.

나도 구시렁거리는 영혼 중 하나였다. 특히 출입할 때마다 짜증이 치밀었다. 문지기 차사가 문을 열어 주어야만 출입이 가능한 시스템이라니…. 저승을 관리할 운명인 나 같은 영혼에게는 프리패스 권한이라도 줘야 하는 것이 아닌가. 매번 이런 생각이 들었지만, 인간이나 영혼이나 참는 게 미덕일 때가 많은 법이다. 더구나 아직은 운명을 쟁취하는 과정인지라 정해진 규칙을 지켜야만 했다.

쿵! 쿵! 쿵! 메타저승 입구에 서서 발로 바닥을 세 번 쳤다. 곧이어 묵직한 문이 열리는 소리가 났다. 건물이 눈을 떴다는 신호다. 곧 여러 색깔의 빛이 쏟아져 나를 에워싸고 3층까지 들어

올릴 것이다. 영혼을 파일화하고 업로드하는 과정이었다. 솔직히 유난스럽다고 느끼곤 했다. 그러나 메타저승에 들어가려면 꼭 거쳐야 하는 절차였다.

메타저승은 그 자체가 거대한 컴퓨터이자 가상현실이다. 다만 파일이 되어도 감각은 선연하다. 지옥에 떨어졌을 때 받는 고통도 그대로 느껴진다. 아니, 감각이 더 예민해지는 것 같았다. 그래서일까. 빛에 둘러싸일 때마다 온몸을 수색당하는 기분이 들었다. 예전에 문지기 차사에게 이 불쾌함을 토로한 적이 있었다. 문지기 차사는 코웃음을 치며 영혼에게 몸이 어딨느냐고 핀잔을 주었다.

그때 들은 핀잔 때문인지 바닥을 두드리고 나면 습관처럼 기분이 나빠졌다. 그렇다고 화를 낼 수는 없으니, 꼴 보기 싫은 문지기 차사 앞에서는 늘 눈을 감고 마음속으로 천천히 숫자를 셌다. 차분한 마음으로 메타저승에 들어가기 위한 나만의 방식이었다.

'하나, 둘, 셋…. 어라?'

이상한 기미가 느껴져 슬그머니 눈을 떴다. 쏟아져 나오던 빛이 도로 들어가고 있었다. 나는 더 힘을 주어 바닥을 두드렸다. 문지기 차사의 목소리가 들렸다.

"성질머리 하곤."

"문 열어 주세요."

"윤회대기소로 가 봐."

명령조로 지시하는 문지기 차사를 향해 눈을 흘겼다. 여보세요, 나는 선학입니다. 앞으로 당신에게 지시를 내릴 운명인 영혼이라고요! 이렇게 톡 쏘아붙이고 싶었으나 품위 유지를 위해 참았다. 하지만 아무리 생각해도 아니다 싶었다. 아직 마지막 관문이 남아 있다지만, 염라대왕이 될 내게 이리 함부로 대하다가 나중에 어쩌려고…. 나는 속으로 혀를 찼다.

"선학들에게 말했는데 아무도 안 가더라. 너라도 가 봐야지, 안 그래? 이왕이면 영혼들 잘 달래서 해산시키면 더 좋고."

선학, 그러니까 선행 학습자는 염라대왕 1차 시험을 통과한 후 교육을 받고 있는 차기 염라대왕 실습생을 일컫는 말이다. 선학은 교육 기간 내내 갖가지 시험을 치르며, 모든 시험 점수는 빠짐없이 기록된다. 그리고 교육이 끝나는 시점에 총점이 가장 높은 선학이 차기 염라대왕으로 임명된다.

"아무도 안 가는데 왜 저보고 가라고 그러세요?"

"윤회대기소 시위 해산에 점수가 꽤 많이 배정되어 있는 거 몰라? 너 꼴찌라며."

꼴찌라는 말이 쩌렁쩌렁 울려 퍼졌다. 나는 본능적으로 두리번거렸다. 지나가는 영혼은 없었다. 나는 안도하면서 메타저승 쪽을 째려보았다.

"차사가 남의 성적을 이렇게 막 떠들어도 되나요? 그러다 제가 염라대왕이 되면 어쩌시려고요?"

"네가 염라대왕이 된다고? 저승이 이승 되는 소리 하지 마라."

문지기 차사는 또 대놓고 나를 무시했다. 한두 번 무시당하는 것도 아닌데 오늘은 참기 힘들었다. 나는 내가 염라대왕이 된다는 데에 한 치의 의심도 없었다. 그러나 내가 꼴찌인 것도 사실이었다. 그런 게 있지 않은가. 진실을 말해서 더 열받는 경우. 지금이 딱 그 꼴이었다. 이번만큼은 지기 싫었다. 참는 미덕도 행하고 싶지 않았다. 나는 날카롭게, 하지만 교양 있는 영혼답게 부드러운 말투로 말했다.

"이승에 그런 말이 있죠. 끝날 때까지 끝난 게 아니다. 아 참, 역전승이라는 단어도 있고요."

"그래서 하고 싶은 말이 뭐냐?"

"글쎄요. 한번 생각해 보세요. 이건 숙제예요."

나는 모호하게 대답하고는 윤회대기소로 향했다. 쯧쯧 소리가 귀에 들렸다. 버릇이 없다며 구시렁대는 게 분명했다. 나는 콧방귀도 뀌지 않았다. 이 정도로는 분이 풀리지 않았다. 앙금이 쌓이고 쌓인 터라 독이 더 바짝 올랐다.

메타저승이 세워진 후 저승 영혼들 사이에 불만이 가득했다. 그러나 메타저승을 만든 건 어쩔 수 없는 선택이었다. 환경 파괴 등으로 인해 이승에 사는 인간과 동물의 개체 수가 줄어든

탓이었다. 영혼이 윤회할 수 있는 생명체가 적어지자, 자연히 윤회를 위한 대기 기간도 늘어났다. 게다가 서천꽃밭에서 영혼을 키워 내는 일도 멈추지 않아 삼라만상이 생겨난 이래 영혼의 수가 가장 많은 상태였다. 지옥을 거쳐 온 영혼이든, 무릉도원에서 지내던 신선이든, 이승으로 가려면 윤회대기소에서 기다려야 했다. 그런데 그 수가 많아지니 기존의 윤회대기소로는 감당이 되지 않았다. 염라대왕은 고심 끝에 지옥까지 윤회대기소를 넓히라고 지시했다. 동시에 저승의 변신을 발표했는데, 그게 메타저승이었다.

그러나 사람이든 영혼이든 호의를 베풀면 권리로 안다는 것이 문제였다. 배려를 당연한 권리인 양 주장하는 이기적인 영혼들. 물에 빠진 사람을 구해 주면 보따리 내놓으라는 이승의 속담은 저승에서도 통했다. 염라대왕은 윤회대기소를 확장하면서 고급스러운 인테리어까지 살뜰히 챙겼다. 지옥을 돌다 오느라 지친 영혼을 위해 치유 프로그램도 제공해 주었다. 이런 특혜에도 만족하지 못하고 시위를 하다니! 내가 염라대왕이 되면 뻔뻔한 영혼들이 못된 습성을 버릴 수 있도록 '호의인가, 권리인가?'라는 수업부터 열어야겠다고 다짐했다.

그러나 막상 윤회대기소 앞에 다다르자, 모든 생각이 사라졌다. 윤회를 기다리는 영혼들이 엄청나게 모여 있었다. 나도 처음 보는 광경이었다.

"윤회 적체를 해소하라!"

"해소하라! 해소하라!"

"윤회 차례 기다리다 말라비틀어지겠다. 대책을 마련하라!"

"마련하라! 마련하라!"

나는 이마를 찡그리며 소리쳤다.

"여기 대표가 누구예요?"

"넌 누군데?"

와, 다짜고짜 반말이라니. 비록 내 모습이 저승에 온 나이 그대로 열여섯 살처럼 보인다지만, 이건 좀 아니지 않은가. 참자, 참자, 참자. 속으로 세 번 되뇌었다. 염라대왕 교육에서 위아래 몰라보고 말부터 놓는 영혼일수록 더 정중하게 대하라고 배웠으니까.

"차기 염라대왕 실습생 라희입니다. 윤회대기소 대표가 계시면 대화를 나누고 싶어요. 요구 사항을 말씀해 주시면 제가 염라대왕님께 보고서를 올릴게요."

"네 보고서를 염라대왕이 보시기나 해? 그리고 이건 염라대왕 혼자 해결할 수 있는 문제가 아니야. 삼신할미도 협조해야 하거든. 우리가 들어갈 생명도 없는데, 자꾸 서천꽃밭에서 새 영혼을 만들면 어쩌자는 거야."

꾸물거리는 덩어리 사이에서 목소리 하나가 튀어나왔다. 어떤 영혼인지 확인하려고 까치발을 해 보았으나, 모습이 보이지 않았다.

"정당한 요구가 아니라는 걸 아시니까 뒤에 숨으시는 거죠?"
"그딴 건 네 알 바 아니고 빨리 이승으로 보내 주기나 해."
"하루살이라도 괜찮으신가요?"

내 말에 영혼들이 웅성거렸다. 그렇겠지. 하루살이로 태어난다고 생각한 적은 없을 테니까. 다들 인간으로 태어날 거라고 믿고 있겠지. 하지만 그건 착각이다. 다음 생의 모습은 전생에 쌓은 죄와 선행의 무게를 고려해서 윤회 직전에 결정된다. 나는 회심의 미소를 지었다. 웅성거림은 곧 분열을 의미했다. 빈틈없는 덩어리처럼 보이던 영혼들이 꾸물꾸물 흩어지고 있었다. 윤회대기소로 돌아가는 움직임이었다. 기분이 좋았다. 이 정도면 내 점수도 꽤 오를 것이다. 그런데 그때, 짜증 섞인 목소리가 구천을 갈랐다.

"선학이라면서 멍청하긴! 하루살이가 길게 살아 봐야 고작 2주 정도인데 지을 죄가 어디 있냐? 오히려 동정을 받아서 업보가 더 많이 소멸될 수도 있겠지. 아니야?"

영혼들의 움직임이 멈췄다. 여기저기서 비웃는 소리가 들렸다. 자존심이 상했다. 그러나 이 정도에 물러설 내가 아니었다. 나는 차기 염라대왕 후보인 선학이었다. 마음을 다잡은 나는 더욱 예의를 갖춰 대답했다.

"하루살이에게 하루는 10년입니다. 20년일 수도 있지요. 그러니 사는 게 지겨워 일부러 다른 동물의 코나 입으로 들어가 죽으려고 시도할 수 있습니다. 그뿐인 줄 아세요? 어둠을 무서워해 불빛만 보면 본능적으로 모여드는 게 하루살이죠. 이게 무슨 뜻인지 알겠습니까? 하루살이는 빛을 가리는 존재라는 의미입니다. 그런데 만약 하루살이 떼가 불빛을 가려 인간이 사고를 당한다면 어떻게 될까요? 책임이 없다고 할 수 있나요? 이럴 때 이승에서는 미필적 고의라는 단어를 쓰지요. 그리고 또…."

내가 말하고도 놀라웠다. 내 언변은 누구에게도 뒤지지 않는다. 순발력은 또 어떠한가. 역시 부족함 없는 염라대왕 감이다. 보는 영혼이 없다면 내 머리를 쓰다듬어 주고 싶었다.

"알았어. 알았다고!"

신경질적인 대답을 끝으로, 영혼 무리가 다시 꾸물꾸물 움직였다. 나는 쾌재를 불렀다. 엉덩이를 실룩이며 춤이라도 추고픈 마음이었다. 그러나 영혼들을 자극해서는 안 되는 법. 양손을 배꼽에 모은 채 깍듯한 모습으로 그들을 지켜봤다. 그런데 내 속을 뒤집는 또 다른 외침이 메아리쳤다.

"네가 뭘 알아? 그러고 보니 선학 중에 윤회도 안 해 본 구천 소생촌 출신이 있다던데. 점수가 선학 중에 꼴찌인데도 미련을 버리지 못하는 또라이라지, 아마? 그게 너냐?"

이건 신상 털기다. 분명 차사들이 소문냈을 터였다. 내가 염라대왕이 되면 가만두나 봐. 되받아칠 대답이 없어 열이 더

뻔쳤다. 모든 게 진실이니까. 맞다. 구천소생촌 출신에 윤회 한 번 못 해 본 꼴찌 선학, 그게 바로 나였다.

"내가 원해서 구천소생촌에서 지내는 줄 알아? 내 잘못도 아닌데 왜 나를 비웃어! 그리고 구천소생촌을 만드는 데 자기들이 대체 뭘 보태 줬다고? 우리가 구천소생촌을 얼마나 힘들게 만들었는데!"

구천소생촌 출입문을 쾅 열어젖혔다. 뻗쳐 오른 열이 도무지 식지 않았다. 화풀이할 곳이 필요했다. 그러나 구천소생촌에 그런 곳이 있을 리 없었다. 나는 걸음을 멈추고 앞을 바라보았다. 일정한 간격으로 늘어선 집들이 눈에 들어왔다. 회오리 모양의 건물에 비하면 정감이 있었다.

사명부에 없는 영혼들이 저마다 구천을 떠돌아다니다가 마구니에게 잡아먹히는 일이 숱하게 일어났다. 마구니에게 먹히면 자기 의지와 상관없이 원귀가 되거나 영혼이 소멸하기 때문에 윤회를 할 수도 극락을 갈 수도 없었다. 그래서 구천을 떠돌던 영혼들이 염력을 모아 임시방편으로 거대한 방어막을 만들고, 그 안에 마을을 이룬 것이 구천소생촌이었다.

"그래서? 그래서 어쩌라고! 구천소생촌에서 지낸다는 게 어떤 건지 너희가 알아? 윤회하지 못하는 고통과 두려움을 아냐고!"

도저히 참을 수 없어서 비명 같은 소리를 질렀다. 속이 조금은 후련해졌다.

집에 도착한 나는 옷을 갈아입고 거울 앞에 섰다. 양 갈래로 땋은 머리를 바라보다가 끄트머리에 묶인 끈을 뺐다. 그러고는 머리카락 사이로 손가락을 넣어 완전히 풀어 버렸다. 열여섯 앳된 모습이 싫어서였다. 구불구불한 머리카락이 허리께에서 나불대고 있었다. 그 모습을 한참 응시하다 다시 양 갈래로 땋고는 아무 일도 없다는 듯 버드나무 마당으로 나갔다.

버드나무 마당의 평상에는 다양한 음식이 펼쳐져 있었다. 보기만 해도 군침이 돌았다. 나를 위해 구천소생촌 영혼들이 차려 준 진수성찬이었다. 영혼은 음식을 씹지 못하지만, 눈으로 음미하면 기억 속의 맛을 불러올 수 있었다.

"오늘 시험은 어땠어?"

전생에 너무 심하게 다이어트를 해서 빼빼 마른 골골해골이 물었다. 나는 오늘 겪은 일을 털어놓았다.

"기가 막히네. 그냥 놔뒀어? 지랄이라도 좀 떨지."

"다음에는 예의 차리지 말고 콱 협박해 버려. 염라대왕이 되면 윤회대기소를 없애 버리겠다고 말이야."

골골해골에 이어, 사방으로 눈동자를 굴리는 게 다 보일 만큼 눈이 큰 떼굴이가 흥분하면서 말을 보탰다. 두 영혼은 서로 이야기를 주고받다가 점점 광분했다. 그럴 만했다. 윤회조차 못 하는 영혼들이 모여 지내는 마을이 구천소생촌 아닌가. 윤회를 못 한다는 건 단순히 사명부에 이름이 없다는 뜻이 아니었다. 염라대왕에게 재판을 받을 수도 없고, 보통 영혼이 저승에 오면 밟아야 하는 과정을 거칠 수도 없다는 말이었다. 한마디로 윤회도 극락도 구천소생촌 영혼에게는 그림 속 떡인 셈이었다.

물론 윤회 시스템에 다시 들어갈 방법이 아예 없는 건 아니었다. 서천꽃밭 생명부에서 이름을 찾으면 사명부 기록이 복원된다. 하지만 저승 차사들은 바쁘다며 생명부 대조 작업을 번번이 미뤄 왔다. 구천소생촌 구제가 요원해지는 이유였다.

"윤회대기소를 없애면 문제가 더 커져. 그걸 알면서도 라희에게 협박을 하라고 부추겨? 차라리 해결 방법을 같이 고민해 주는 게 어때?"

옆에서 가만히 듣고 있던 미스터 점이 말했다. 미스터 점은 점이 얼굴의 반을 차지한 까닭에 붙은 이름이다. 나는 구천소생촌에서 이들 세 영혼과 가장 친했다. 어떤 면에서는 가족 같았다. 골골해골과 떼굴이가 언니 오빠 같다면, 미스터 점은 아빠처럼 느껴졌다. 나를 조용히 지지해 주고 중요한 결정을 할 때는 이성적으로 조언해 주곤 했다. 나도 미스터 점의 말은 귀담아듣는 편이었다.

"윤회대기소가 없다고 생각해 봐. 차사들이 윤회를 기다리는 영혼들의 위치를 일일이 파악해야 하잖아. 그러면 일이 엄청나게 많아지지 않겠어? 가뜩이나 더딘 생명부 대조 작업이 아예 멈춰질지도 몰라. 게다가 영혼들이 한곳에 가만히 있기라도 하면 다행이지. 발발 돌아다니는 영혼들 때문에 자칫 윤회 순서가 어그러질 수도 있어."

미스터 점의 지적에 골골해골이 말했다.

"자꾸 무시하니까 그러지. 막말로 사명부에 우리 기록이 누락된 원인을 저 염라대왕도 모르는 거 아냐? 우리 잘못이 아닌데도 꼭 전생에 죽을죄를 지어 벌받는 것처럼 취급하는데, 억울하게 그냥 당하고 있으라고?"

떼굴이가 동의한다는 듯 고개를 끄덕이며 덧붙였다.

"대접은 바라지도 않아. 그냥 놔두기만 했으면 좋겠어. 시비 거는 영혼들도 있다니까."

내 생각도 미스터 점과 같았지만, 심정적으로는 골골해골의 말에 공감했다. 우리가 이래저래 차별받아 온 건 사실이니까.

"열받는다고 저승 탓하면 우리만 괴로워. 구천소생촌에서 마냥 구제를 기다리는 게 힘들지만, 뭔가 생산적인 일을 하면서 지내야 우리에게도 좋은 법이라고! 가지지 못한 것에 계속 얽매이면 아무리 영혼이라도 우울증에 걸릴 수 있어."

"혹시 전생에 도사였어?"

골골해골은 미스터 점의 말에 입을 삐쭉 내밀며 말했다. 그러고는 내게 시선을 돌려 물었다.

"다른 선학들은 왜 점수가 좋은 것 같아?"

"윤회해 봤잖아. 인간 말고도 개나 뱀, 하다못해 곤충으로라도 태어나 봐서 그런지 아는 게 많아. 영혼 이해도가 높다고나 할까. 심지어 지옥도 여러 번 다녀와서 시험 칠 때 전략을 잘 짜더라고. 아무래도 뭔가 계획을 세워야겠어. 혹시 뭐 생각나는 거 없어? 아이디어 좀 줘 봐."

"염라대왕 공채 시험에 지원할 자격을 저승 모든 영혼에게 주면 뭐 하냐고! 결국 구천소생촌 영혼들이 될 확률은 제로에 가까운데."

열을 내는 골골해골의 말에 충분히 수긍이 갔다. 그럼에도 화가 나지는 않았다. 눈앞에 갖가지 음식이 놓여 있었으니 말이다. 일단 형형색색의 꼬치를 빤히 보며 맛과 향을 음미했다. 금세 눈앞의 꼬치가 사라졌다. 다음에는 표고버섯, 당근, 파, 붉은 고추가 섞인 잡채로 눈을 돌렸다. 잡채가 담겨 있던 커다란 그릇이 깨끗이 비워졌다.

"그래서 말인데…. 그 아이디어 말이야."

치킨을 먹으려는 순간, 골골해골이 낮은 목소리로 말했다. 나는 고개를 돌려 시선을 맞췄다. 골골해골이 내 눈치를 보고 있었다.

"뭔데?"

"영혼 하나가 튕겨 나가서 난리야. 영혼이 어디로 숨었는지는 아는데, 데려올 차사가 없다네."

뜬금없는 이야기였다. 차사를 새로 뽑아 영혼을 데려오면 될 일이었다.

"원래 이승으로 되돌아간 영혼을 데려오는 건 아무 차사나 못 하잖아. 그런데 이번 영혼은 더 어렵대. 어떻게 보면 특별하달까. 파일화된 영혼이 업로드되다가 튕겨 나간 거거든. 메타저승이 만들어진 이래 처음 일어난 사건이라 골치가 아픈가 보더라. 그냥 데려올 수도 없대. 뭐라고 했더라…. 맞다, 저장! 그래, 저장한 후에만 데려올 수 있다고 그랬어."

"그만해!"

미스터 점이 골골해골에게 소리쳤다. 좀처럼 흥분하지 않는 미스터 점이 고함을 지르다니 의아했다.

"왜? 내가 뭐 잘못했어?"

"지금 라희에게 튕긴 영혼을 데려오라고 부추기는 거잖아."

"부추기는 게 아니라 정보를 말해 주는 것뿐이야. 그리고 라희는 차기 염라대왕 후보야. 메타저승에서 생긴 문제도 알고 있어야지."

"라희는 분명 염라대왕이 될 거야. 구천소생촌 출신이 염라대왕 시험에 붙는 건 낙타가 바늘구멍에 들어가기보다 어려운 일이잖아. 염라대왕이 될 운명이 아니라면 이 상황을 설명할 수 없어. 그러니 염라대왕이 되고 난 후에 알아도 늦지 않아."

참 이상한 일이었다. 우리는 저승에서 지내고 있음에도 불구하고 종종 이승의 법칙을 말하곤 하니까. 그래도 나는 그 어려운 일을 해냈고, 이승의 법칙대로 염라대왕이 되는 걸 운명이라고 믿었다. 물론 객관적으로 보자면 가능성은 높지 않았다. 그러나 나는 구천소생촌 영혼들 사이에서 희망의 상징이었다.

'어, 잠깐만. 골골해골은 내가 염라대왕이 될 아이디어라며 말을 꺼내지 않았나? 그렇다면 혹시…?'

나는 골골해골에게 단도직입적으로 물었다.

"튕긴 영혼과 염라대왕 시험 사이에 무슨 연관이라도 있는 거야?"

시선을 피하는 골골해골 대신 떼굴이가 입을 열었다.

"미스터 점 말이 맞아. 신경 쓰지 않는 게 좋겠어."

"내 운발 못 믿어? 윤회 한 번 안 한 영혼이 염라대왕 공채에서 이렇게 최종까지 올라갔잖아. 그러니까 얘기해 줘. 결정은 내가 해."

셋은 약속이나 한 듯 딴청이었다. 어쩔 수 없었다. 전략을 바꿔 세 영혼을 달랬다.

"말 안 해 줄 거야? 교육 차사가 시험 문제로 낼 수도 있잖아. 예상 답안을 준비해 둬야지. 안 그래?"

그럴싸한 내 설득에 떼굴이가 두 영혼의 눈치를 살피며 입을 열었다.

"그게… 영혼이 튕긴 이유까지 밝힌 다음에 영혼을 데려와야 해. 문제는 정해진 시간까지 데려오지 못하면 물방울로 변한다 더라고."

"그것뿐이야?"

"당연히 아니지. 튕긴 영혼을 화장할 때 마구니가 나타나기도 한대. 영혼을 데리러 갔다가 자기도 위험에 빠질 수 있는 거지."

"그게 공채 시험이랑 무슨 상관인데?"

떼굴이가 한숨을 내뱉었다.

"몇 번 조항인지는 모르지만, 〈염라대왕 공채 시험 가이드〉에 저승에서 가장 어려운 문제를 해결한 영혼은 차기 염라대왕이 될 수 있다는 규칙이 있다더라고. 그런데 지금까지 그 조항이 적용된 적은 한 번도 없었대."

솔직히 말하자면 나는 다른 선학들에 비해 가진 것이 별로 없었다. 단순히 윤회 경험이 없어 용감한 나와 달리, 그들은 지옥에서의 고통과 두려움을 경험해 보았음에도 지옥 통과 시험에 응해 다시 한번 그곳에 뛰어드는 배짱이 있었다. 윤회 경험이 있는 덕분에 아는 것도 많았고 제시된 과제도 척척 해결했다. 그래서 떼굴이가 전해 주는 정보에 구미가 당겼다. 영혼 소멸의 두려움만 이겨 낸다면 튕긴 영혼을 데려오는 일은 다른 선학들을 이길 유일한 기회일지 모른다.

그러나 〈염라대왕 공채 시험 가이드〉에 저승에서 가장 어려운 문제를 해결한 영혼이 차기 염라대왕이 '될 수 있다'고 했지, '된다'고 명확하게 규정하지 않았다는 점이 마음에 걸렸다.

나는 고개를 흔들었다. 규정이 '된다'로 바뀌더라도 위험이 너무 컸다. 윤회 한 번 안 해 본 내가 자칫 실패해서 영혼이 소멸한다면 너무 억울한 일이었다. 미스터 점 말대로 지금은 염라대왕으로 최종 선발되는 것만 신경 쓰기로 했다.

"어? 누구지?"

버드나무 마당에서 웅성거리는 소리가 나자, 골골해골이 말했다. 나는 소리가 들리는 방향으로 고개를 돌렸다. 누군가 우리 쪽으로 다가오고 있었다. 나는 그를 단번에 알아보았다. 염라대왕의 비서 차사였다.

"네가 라희 선학인가?"

✦ 강제 임명

 비서 차사가 엘리베이터의 365층 버튼을 눌렀다. 메타저승의 꼭대기 층인 그곳은 염라대왕의 전용 공간이다. 머릿속으로 여러 생각이 오갔다. 차기 염라대왕 후보자가 교육 기간에 염라대왕을 개별적으로 만나는 일은 엄격히 금지된다. 시험 공정성 문제가 불거질 수 있기 때문이다. 그래서 염라대왕이 나를 만나려는 이유가 더 궁금했다.
 "내려라."
 비서 차사는 나를 염라대왕 집무실로 안내했다. 미래에 내가 있을 곳이라 생각하니 달리 보였다. 집무실 한쪽 벽면에는 서천꽃밭의 영상이 흐르고 있었고, 다른 쪽 구석에는 저승 곳곳을 비추는 여러 대의 모니터가 놓여 있었다. 저승을 관장하는 염라대왕이라도 생명과 죽음 사이의 질서를 생각해야 하는 모양이었다.
 "라희 선학은 이 방에서 기다려라."
 비서 차사가 집무실에 딸린 내실의 문을 열며 말했다. 방에는 이미 다른 선학들이 와 있었다. 기대감이 파사삭 부서졌다.

"오래간만이다."

머리카락을 붉게 염색한 선학이 그나마 내게 인사했다. 다른 선학들은 나를 힐끗 보더니 고개를 돌려 버렸다. 와, 진짜! 개무시를 대놓고 하네. 나는 붉은 머리 선학의 옆자리에 앉으며 말했다.

"반가워. 너 성적이 좋더라."

"당연하잖아. 이 방에 있는 선학 모두가 너보다 성적이 좋아."

칭찬을 이딴 식으로 받아들이다니. 그래 봤자 나는 7등이고 너는 6등이잖아. 함께 기운 내 보자는 대답을 기대한 내가 바보였다.

"아직 최종 결정이 난 건 아니잖아."

"꼴찌가 1등까지 치고 올라갈 수 있겠어? 아무래도 넌 열외인 거 같은데."

다리를 꼬고 앉은 선학이 말했다. 그래, 너는 3등이라 이거지? 아직 기회가 있다지만 너라고 그리 쉬울까. 1등은 그냥 가만히 있겠대? 나는 3등 선학을 노려보다가 1등에게 시선을 돌렸다. 1등 선학은 나와 눈이 마주치자 눈웃음을 지어 보였다. 그러나 저 웃음은 분명 비웃음이다. 나는 입술을 꽉 깨물었다. 영혼의 좋은 점은 아무리 입술을 잘근잘근 씹어도 피가 나지 않는다는 것이다. 욱하는 감정이 쉬이 가라앉지 않았다. 한마디 쏘아붙여야겠다는 생각이 들었다. 입술을 달싹였다. 문이 벌컥 열린 건 그때였다.

"어서들 오시게."

염라대왕이 인사를 건넸다. 솔직히 실망스러웠다. 포마드를 발라 쓸어 올린 올백 머리에, 기름이 좔좔 흐르는 얼굴이라니. 게다가 반바지와 티셔츠 차림이었다. 염라대왕의 위엄이라고는 전혀 느껴지지 않았다.

염라대왕이 자리에 앉고서는 눈짓을 했다. 그러자 붉은빛의 차가 담긴 찻잔이 염라대왕과 우리 테이블 앞에 나타났다.

"영혼 튕김 현상 때문에 불렀다."

조금 전에 들은 말이다. 선학에게 그 임무를 맡기려나. 〈염라대왕 공채 시험 가이드〉 조항이 있으니 명분이 없는 것도 아니었다.

"이승에 내려가서 이 문제를 해결했으면 한다. 알다시피 위험이 크기 때문에 너희 모두 내려가는 편이 좋을 게다."

"꼭 가야 하나요? 문제를 해결하지 못하면 물방울이 되어 사라진다던데요."

"저희는 그런 모험을 감수할 필요가 없습니다. 차기 염라대왕이 되지 못하더라도 윤회하면 그뿐이거든요. 언젠가 다시 염라대왕 공채가 열릴 테고요. 그때 또 지원하면 그만입니다."

2등 선학에 이어 5등 선학이 말했다. 다른 선학들의 냉정한 말을 듣고 나니, 이 일을 기회라고 여기며 혹했던 내가 어리석었음을 깨달았다. 물방울이 되어 사라져 버리면 모든 게 끝나는 거니까.

"저승을 다스려야 할 선학들 입에서 그런 무책임한 말이 나올 줄은 몰랐다. 너희 중에 누가 염라대왕이 되더라도 이 문제를 해결해야 하는데, 실망이구나."

"염라대왕님께서 직접 내려가시면 되겠네요."

3등 선학의 말이었다. 염라대왕은 한시도 저승을 벗어나면 안 된다는 걸 모르나? 나는 하마터면 쯧쯧 혀 차는 소리를 낼 뻔했다.

"이 자리에 오르기 전이라면 당연히 그랬겠지. 하지만 이 일은 내가 염라대왕이 되고 나서 생긴 일. 불행히도 나는 저승을 위해 여기 있어야 한다. 그래서 선학들에게 부탁한 것인데…."

염라대왕이 말끝을 흐리며 우리를 훑어보았다. 시선을 피하는 선학이 있는가 하면 꼿꼿하게 앞을 보는 선학도 있었다. 염라대왕은 찻잔을 입으로 가져가더니 호로록 마셨다. 나는 눈이 휘둥그레졌다. 차를 눈이 아니라 입으로 먹다니! 염라대왕이 엄청나게 부러웠다.

"실망이군. 염라대왕이 되겠다며 시험을 봤다기에 저승에 대한 마음이 남다를 줄 알았건만…. 내 착각이었던 모양이야."

염라대왕의 표정이 일그러졌다. 잠시 침묵하던 염라대왕은 턱을 어루만지며 말을 이어 갔다.

"그러면 조건을 걸지. 이 문제를 해결한 선학을 무조건 차기 염라대왕으로 임명하겠다. 소멸할 수도 있는 위험한 일이니 이의를 제기할 영혼은 없을 거야. 자, 지원할 선학은 의사를 밝혀 주겠나?"

〈염라대왕 공채 시험 가이드〉의 '될 수 있다'가, '된다'로 명확히 규정되는 순간이었다. 그러나 입을 떼는 선학은 없었다. 염라대왕이 우리를 물끄러미 보며 말했다.

"다들 배짱이 없군. 쯧, 어쩐다…. 솔직히 저승 차사들에게 부탁하고 싶지만, 〈저승 차사 인력 운영에 관한 법률〉에 따르면 저승 차사에게는 망자 소환 업무나 사망 시간 관리 같은 정해진 업무 외에 추가 업무를 강요할 수 없어. 그래서 선학들이 단합해서 해결해 주기를 바랐던 거야. 아니면 주인의식을 가진 선학이 자원해 줄지도 모른다고 내심 기대했지."

염라대왕은 언짢은 얼굴로 우리를 찬찬히 돌아보았다. 그러나 모두 묵묵부답이었다. 결국 염라대왕이 큰 소리를 내며 입을 열었다.

"할 수 없군. 강제로 임명할 수밖에."

모든 선학이 놀라서 염라대왕을 바라보았다. 나도 마찬가지였지만, 이내 마음을 내려놓았다. 매 시험에서 변변찮은 점수를 받은 나를 뽑을 리 없었다. 이왕이면 붉은 머리의 6등 선학이 되기를 기원하던 찰나, 염라대왕이 반바지 주머니에 손을 꽂으며 말했다.

"라희 선학."

"네?"

"라희 선학이 다녀오거라. 다른 선학들과 점수 차이가 큰 라희 선학에게는 기회일 것이다."

"아뇨. 그런 기회 필요 없습니다. 1등을 하는 건 다른 방법을 찾아보겠습니다."

염라대왕은 내 말을 무시하며 찻잔을 들어 입술로 가져갔다. 나는 다시 눈이 동그래졌다. 입으로 맛을 느끼면 더 맛있겠지? 열 배 차이 나려나? 아니면 백 배? 나는 혀끝에 감도는 차의 맛을 상상하느라 이승에 가라는 지시도 잠시 잊어버렸다.

"다른 선학들은 나가 보도록."

그제야 정신이 들었다. 6등 선학이 나를 보며 피식 웃었다. 쌤통이라는 미소 같았다. 모든 선학이 나가자 염라대왕이 말했다.

"라희 선학이 가 주시게. 처음부터 라희 선학이었어. 다른 선학을 부른 건 불공정성 논란을 없애려고 했던 거야. 이 문제를 해결했을 때 차기 염라대왕 자리를 주는 것에 불만을 표할 수 없도록 명분을 만들 필요도 있었고."

"왜 저인가요?"

"튕긴 영혼이 자기 몸이 아니라 어떤 중학생의 육신에 숨어

들었어. 그러니 라희 선학이 가장 적합해. 양 갈래로 땋은 머리부터 딱 열여섯 살이잖아."

"겨우 그런 이유라면 더더욱 갈 수 없습니다. 윤회 한 번 못 하고 사라지고 싶지 않다고요!"

"그래. 이렇게 위험한 일을 강요할 수는 없지."

염라대왕의 말에서 꿍꿍이가 느껴졌다. 얼른 여기를 떠나고 싶었다.

"저는 선학 중에 꼴찌라서 성적 올릴 방법을 연구하느라 바쁘거든요. 강요가 아니라고 하시니 그만 돌아가 보겠습니다."

나는 자리에서 벌떡 일어나 문을 향해 걸어갔다. 그때, 굵직하고 냉기 어린 염라대왕의 목소리가 날아와 꽂혔다.

"그래도 해야 할걸. 조만간 저승 구획을 정리할 거거든. 마구니가 골짜기 밖으로 나오지 못하도록 금계를 그을 필요가 있어서 말이야. 그런데 딱 금계가 그어질 위치에 구천소생촌이 있더군."

말문이 막혔다. 이건 구천소생촌을 없애겠다는 협박이다. 구획 정리가 시작되면 다른 장소에 구천소생촌을 만들 때까지 저승을 떠돌아야 했다. 구천소생촌 영혼들이 한꺼번에 집을 잃을 뿐 아니라, 마구니에게 위협당하며 지내야 할 것이 뻔했다.

'넓은 마음으로 영혼을 이해하는 게 염라대왕의 태도라고 배웠는데…. 개뿔!'

야비하다. 염라대왕은 내가 그 제안을 거절할 수 없다는 것을 알고 있다. 선택의 여지가 없었다. 인간 세상에서 문제를 해결하다가 사라지든가, 다시 구천소생촌을 만들 곳을 찾아다니다 마구니에게 잡아먹히든가, 둘 중 하나였다. 다른 게 있다면 나 혼자 당하느냐, 여럿을 위험에 빠트리느냐, 그 차이뿐이었다. 어차피 거절할 수 없는 일이라면 성공할 방법을 궁리하는 게 옳았다. 나는 운발 좋은 영혼이 아니던가. 구천소생촌 최초 염라대왕 공채 1차 시험을 통과한 영혼이니까. 나는 내 운발을 믿어 보기로 했다.

"조건이 있습니다."

"말해라."

"이승의 음식을 무제한으로 먹을 수 있게 해 주세요. 배가 부르는 일이 없었으면 합니다."

"좋아, 영혼도 스트레스를 풀 데가 있어야겠지. 그리고 이승에서 중학생 모습으로 지내려면 보호자 역할을 할 동행이 필요할지도 모르겠군."

뜻밖의 제안이었다. 고민할 것도 없이 미스터 점, 골골해골, 떼굴이의 얼굴이 떠올랐다.

"구천소생촌에 친하게 지내는 영혼 셋을 함께 보내 주세요."

"그러도록 하지."

나는 시키는 대로 계약서에 서명하고는 자리에서 일어났다.

이제 뒤돌아보지 않기로 했다. 이미 주사위는 던져졌다. 이렇게 된 바에 기필코 해내리라고 다짐했다.

엘리베이터를 타고 1층을 누르려는데, 염라대왕이 다가와 말했다.

"동지에는 돌아와야 한다. 몇 가지 금기들을 꼭 기억해라. 우선 네가 미래를 볼 수 있는 시간은 이승에 도착한 날로부터 삼칠일 동안만이다. 많은 미래가 새어 나가면 영계가 흔들리므로, 날마다 그날 하루치의 미래만 볼 수 있다. 영혼이 들어간 몸주를 마구니로부터 보호해라. 마구니가 심하게 요동치면 몸주의 수명이 줄어들게 된다. 그리고 마지막으로, 너는 염라대왕이 될 영혼이다. 혼이 섞임 없이 깨끗해야 한다는 뜻이다. 네게 주어진 육신에 다른 영혼을 함부로 실어서는 안 된다. 잊지 마라. 만약 이걸 어기면 너는 차기 염라대왕이 될 수 없다."

✦ 추적의 시작

 이제 곧 그 애, 서율민을 만난다. 이미 여러 번 만나긴 했지만.
 담임을 따라 복도를 걷는데 기분이 묘했다. 교실마다 왁자하게 떠드는 소리도 어쩐지 익숙했다. 윤회 경험이 없어서일까, 나는 다른 영혼들에 비해 전생의 기억이 또렷한 편이었다. 그래서인지 내가 지금 학교에 있다는 것 자체에 약간의 흥분을 느꼈다.
 "내가 신호하면 들어와라."
 교실 앞에 다다르자, 담임이 나를 돌아보며 말했다. 나는 짧게 대답하고 문밖에서 기다렸다. 점점 두근거렸다. 율민이 어떤 반응을 보일지 궁금했다. 놀라는 건 당연하겠지. 무섭다고 피하면 골치 아픈데….
 이승에 온 뒤로 꽤 바빴다. 거처를 마련하는 일뿐 아니라, 전학 절차를 진행하고 옷과 신발을 사는 등 완벽한 열여섯 살 중학생으로 살아가기 위한 준비 또한 만만치 않았다. 그러는 사이 튕긴 영혼이 달라붙은 몸주를 보호하는 임무도 챙겨야 했다. 그렇다고 항시 감시할 수도 없는 노릇이었다. 나는 궁리 끝에 미래를 보는 능력을 활용하기로 했다.

염라대왕이 삼칠일은 영안이 열려 있다고 하지 않았나. 이 말은 21일 동안은 미래를 볼 수 있다는 의미였다. 그래서 아침마다 오늘의 운세를 핑계로 율민에게 접근해 결계를 쳤다. 그 과정이 쉽지는 않았다. 처음 율민 앞에 나타난 날, 율민은 감히 나를 미친 사람 취급했다. 그러다 나흘쯤 지나자 율민이 먼저 나를 찾아 두리번거렸다. 소용없는 짓이었다. 내가 모습을 드러내기 전까지 인간은 날 보지 못하니까. 그리고 삼칠일의 마지막 날인 오늘, 원래는 학교에서 맞닥뜨릴까 싶었지만 괜한 장난기가 동해 또 지하철역으로 나갔다. 결과적으로는 잘한 일이었다. 그 덕에 '귀인과의 동행 시작'이라는 색다른 운세를 알려 줄 수 있었으니 말이다.

"들어와라."

담임의 부름에 하던 생각을 끊고 교실로 들어섰다. 아이들의 시선이 온통 나에게 향했다. 나는 당당하게 걸어가 교단 앞에 섰다.

"오늘 전학 온 친구다. 이름은 염라희. 라희는 외국에서 살다 와서 여기 학교생활이 익숙하지 않을 테니까 많이 도와주도록. 라희, 인사해라."

담임이 내 소개를 하는 사이 반을 훑었다. 한눈에 율민을 찾았다. 눈을 질끈 감고 있었다. 놀랐을 터였다. 동행을 시작할 귀신이, 아니 귀인이 나라고는 생각 못 했을 테니까.

"안녕, 난 염라희야. 잘 부탁해."

드디어 율민이 눈을 뜨고 나를 봤다. 찡긋 눈인사를 날리자 율민의 미간이 좁아졌다.

"외국 생활을 오래 해서 모르는 게 많아. 그래도 바보는 아니니까 친절하게 알려 주면 제대로 해낼게. 아 참, 교복은 내일부터 입을 테니까 내가 예뻐서 질투가 나더라도 오늘만 좀 참아 주면 좋겠어."

아이들이 "오오올!" 하고 소리쳤다. 잘난 척하는 게 아니라, 나는 누가 봐도 예쁘장한 외모를 가졌다. 크지는 않지만 쌍꺼풀 없이 길게 뺀 눈이 특히 매력이었다.

"라희가 잘 적응할 듯해서 보기 좋구나. 우선 오늘은 저기 앉아라."

담임이 말한 곳은 맨 뒷줄 구석자리였다.

"그러면 수업들 준비해라. 조회 끝."

담임이 나가자, 나는 가방을 들고 율민 쪽으로 다가갔다. 그리고 율민의 옆자리 아이에게 말했다.

"내가 이 학교로 전학 온 건 율민이 때문이거든. 그래서 말인데, 자리 좀 바꿔 줄 수 있어?"

아이들이 웅성거렸다. 휘파람 소리가 교실을 가득 메웠다. 율민은 책상에 시선을 박은 채 움직이지 않았다.

"그게 뭐 어려운 거라고."

옆자리 아이가 흔쾌히 승낙하고 자리를 옮겼다. 아이들은 여전히 나와 율민을 보고 있었다. 나는 손을 들어 인사하며 활짝 웃어 주었다. 이렇게 누군가의 주목을 받아 본 게 언제였는지…. 기분이 나쁘지 않았다. 마음에 생기가 돌았다. 때마침 종소리가 울렸다. 아이들이 흩어지는 틈을 타 율민에게 말을 걸었다.

"오늘의 운세는 귀인과의 동행 시작이라고 말했던 거 기억하지? 그게 나야, 귀인. 우리의 동행이 시작됐어."

"네가 왜 귀인인데?"

율민이 경계하며 되묻자, 나는 율민에게 몸을 바짝 붙이고는 소곤거렸다.

"이제부터 알게 될 거야. 일단 네 귀인으로서 조언하는데, 오늘 시상식에는 가지 마. 거기 아수라장이 될 예정이거든. 그리고 네가 가면 네 아빠가 다쳐."

율민은 뭔 뚱딴짓소리냐는 표정으로 눈만 끔뻑일 뿐 대답하지 않았다.

그래, 놀랐겠지. 내가 전학을 와서 놀랐을 테고, 제 아빠 시상식에 가지 말라는 말에는 더욱 기겁했을 것이다. 율민의 아빠가 다친다는 건 거짓말이었다. 하지만 내가 본 미래에서는 아빠의 수상을 축하하러 간 율민이 사건에 휘말려 인질이 된다. 내 임무를 잘 해내기 위해서는 율민의 안전이 무엇보다 중요했다. 무사히 그 몸에 붙은 영혼을 떼어 내 저승으로 데려가야 하니까. 앞문이 열리며 수학 선생님이 들어왔다. 율민은 그제야 몸을 뒤로 빼며 고개를 돌렸다. 빨개진 귀가 눈에 들어왔다.

쉬는 시간마다 율민은 손가락을 바쁘게 움직였다. 언뜻 보니 뉴스를 검색하고 어디론가 문자 메시지를 보내는 듯했다. 나도 휴대전화를 열어 뉴스를 확인했다. 그러다가 속보 하나에 손가락을 멈췄다.

오늘 오후 두 시경, 강남의 한 빌딩에서 인질극이 벌어졌다. 경찰은 범인을 설득하는 한편 인질의 안전을 위해 특공대를 투입했다. 그 결과 인질들은 무사히 구출되었다. …

율민도 기사를 봤을 텐데 아무 말이 없었다.
"오늘 종례는 이걸로 끝이다."
수업 종료를 알리는 담임의 말에 아이들이 주섬주섬 가방을 챙겼다. 율민은 벌써 교실을 빠져나가고 있었다. 나는 황급히 일어나 뛰다시피 빠르게 걷는 율민을 쫓아갔다.
"내 말이 맞지? 네가 거기에 갔더라면 인질이 될 뻔했다고. 아마 그랬으면 너희 아빠가 널 구하려다가 위험에 빠졌을 거야."
율민은 지하철 승차 카드를 태그하고 서둘러 계단을 내려갔다. 내가 바짝 따라붙으며 말을 걸었지만, 여전히 눈길도 주지 않았다.

"네 아빠는 진짜 괜찮아. 그만 얼굴 좀 펴."

율민은 되레 두어 걸음 뒤로 물러섰다. 표정만 굳어진 게 아니었다. 눈동자도 얼어붙은 듯했다. 내가 무섭나.

"너 스토커야?"

"에이, 그렇게 오해하면 안 되지. 널 지켜 주는 귀인이 어떻게 스토커겠어. 안 그래?"

율민은 내 말에 대꾸도 하기 싫었는지 지하철을 타자마자 양쪽에 사람이 앉아 있는 빈자리를 골라 앉았다. 대화하지 않겠다는 의지의 표현 같았다. 나는 개의치 않았다.

"죄송한데, 옆으로 한 칸만 옮겨 주시면 안 될까요?"

나는 자리를 옮겨 준 분께 눈인사를 하며 율민의 옆자리에 앉았다. 율민은 입을 다문 채 휴대전화만 응시했다. 고개를 들어 지하철 안을 둘러보니, 모두 휴대전화에 시선을 고정하고 있었다. 이상했다. 내가 살았던 세상과는 너무나 다른 광경이었다.

"이제는 내가 귀인이라는 걸 믿어 줄 거지?"

나를 모른 척하던 율민은 더는 못 참겠다는 듯 나를 똑바로 보며 말했다. 그 얼굴이 화나 보이기도 하고, 불안해 보이기도 했다.

"나한테 왜 이래? 아침마다 나타났던 것도 그렇고, 지금은 왜 지하철까지 같이 타면서 나를 따라오는 건데?"

"나, 너랑 같은 동네에 살거든."

율민이 픽 웃더니 눈을 부라리며 물었다.

"너 뭐야?"

"염라희. 아까 자기소개 했잖아."

"그 말이 아니잖아!"

율민이 버럭 소리를 질렀다. 쯧쯧. 공공장소에서 소리를 지르면 사람들이 쳐다본다는 걸 모르지 않을 텐데. 뭐, 눈치가 없으면 그럴 수도 있겠지. 이승과 저승을 두루 겪은 내가 어른답게 나서서 알려 줄 수밖에. 청소년의 정신을 무럭무럭 성장시키는 것이 어른의 도리이기도 하고.

"그렇게 소리 지르면 사람들이 너를 위험한 사람으로 볼 수도 있어. 그래도 괜찮겠어?"

타이르듯 말하자, 율민이 고개를 획 돌려 주위를 살폈다. 율민도 사람들의 기색을 눈치챈 모양인지 이내 고개를 떨구고 휴대전화만 만지작거렸다. 또다시 빨개진 율민의 귀를 보니 웃음이 나왔다.

"곧 내릴 거니까 너무 걱정은 하지 마."

위로의 말을 전했지만, 율민은 고개를 들지 않았다.

"너 먼저 가."

역 밖으로 나온 율민의 말에 나는 앞장서 걸었다. 그러다 문득 걸음을 멈추고 돌아서서 율민을 향해 말했다.

"너무한다고 생각하지 않아? 휴대전화 액정 깨지는 것도 막아 주고, 변기가 막혀 창피당할 뻔한 일도 피하게 해 줬잖아. 오늘만 해도 네가 위험한 데 가지 않도록 도와줬는데, 은인에게 보답은 하지 못할 망정 성의 표시는 해야지."

율민은 머리카락을 쓸어 넘기며 그냥 서 있었다. 대답할 말을 찾는 듯했다.

"알았어. 나중에."

"아니야, 나 지금 배고프거든. 지금 사. 저기 샌드위치 가게 보인다."

율민의 의사는 물어보지 않고 곧장 가게로 걸어갔다. 샌드위치 재료를 마음대로 조합해서 주문할 수 있다니. 살아생전에 못 보던 가게여서 며칠 전부터 궁금했다. 이참에 궁금증도 해결하고 율민과 대화하면서 친해진다면 이보다 더 좋을 수 없을 듯했다. 예로부터 사람이 친해지는 데 음식을 같이 먹는 것만큼 좋은 방법도 없으니까. 그러니 사람들이 인사로 "우리 밥 한번 먹자."라고 하는 게 아닌가. 샌드위치를 같이 먹으면 율민과의 거리가 좁혀지리라고 확신했다. 나는 무심한 척 앞서 걸어갔다. 그런데 아무런 소리가 들리지 않았다. 돌아보니 율민은 반대편 길로 걸어가고 있었다.

"서율민! 어디 가?"

내가 소리쳤다.

"거기 너희 집으로 가는 길 아니잖아."

율민이 걸음을 멈추고 나를 돌아보았다. 분명 놀라서 멈췄겠지. 나는 다 안다고!

"우리 집도 알아?"

"샌드위치 먹으면서 말하려고 했는데. 이왕 이렇게 된 거, 말해야겠다. 일단 숨을 크게 들이마시고 뱉어 봐. 그래야 좀 덜 놀랄 테니까."

"뱅뱅 돌리지 말고 얼른 말해."

의심스러운 눈초리였다. 이해가 갔다. 내가 율민이라도 지금 상황을 종잡기 어려울 테니까.

"내일 702호로 이사할 거야. 네 집이 701호지? 옆집이네, 잘 부탁해."

"뭐?"

단박에 율민의 얼굴이 굳어졌다. 나를 노려보는 눈이 매서웠다. 이를 꽉 물고 있는지 턱이 각져 보였다. 율민은 차가운 목소리로 말했다.

"따라와."

율민이 나를 데려간 곳은 근처 놀이터였다. 나는 깨끗해 보이는 벤치를 찾아 앉으며 율민에게 옆자리에 앉으라고 손짓했다.

그러나 율민은 굳이 그 옆의 다른 벤치에 앉았다. 속 좁게. 나는 혀를 쯧쯧 차며 물었다.

"뭐가 궁금한데?"

"진짜 네 정체."

"차기 염라대왕."

"야! 염라대왕이라니! 소설을 써도 좀 개연성 있게 써야 믿어 주는 척이라도 하지."

죽어 보지도 않았으면서 염라대왕의 존재를 부정하다니! 근엄하게 호통치고 싶었다. 그러다가 문득 '꼰대'라는 말이 떠올랐다. 이승에 오자마자 배운 몇 안 되는 말이었다. 제기랄. 꼰대로 취급받고 싶지 않았다. 나는 침착하게 말했다.

"소리는 왜 질러? 나 귀 엄청나게 밝거든. 여기 귀신들 지나가는 발소리까지도 들린단 말이야. 그러니까 좀 살살 말해."

"거짓말 좀 그만해. 나를 좋아하면 그냥 좋아만 해. 어차피 네 마음은 네 거니까. 이상한 무당 흉내로 사람 농락하지 말고."

아…. 내가 자기를 좋아한다고 오해했구나. 그럴 거라는 생각은 하지 못했다. 저기 말이죠, 서율민 군. 내가 겉모습은 열여섯 살이지만 그래도 학생의 조상뻘입니다. 그러니 그따위 착각은 착착 개서 이불장에나 넣어 주시길 바랍니다. 요렇게 말하고 싶었지만, 달리 생각하면 이 오해도 나쁘지 않았다. 자기를 좋아하는 사람에게 마냥 모질게 굴 수는 없을 테니까.

"안 믿는구나."

"이건 누구라도 믿지 않을 이야기야."

율민이 코웃음을 치며 시선을 앞으로 돌렸다. 그러고는 벤치 등받이에 등을 기대고 팔꿈치를 걸친 채 다리를 꼬았다. 그 모습을 보니 아무래도 계획을 변경해야 할 듯싶었다. 바쁠수록 돌아가라는 옛말처럼 좀 친해지고 나서 일을 진행하려고 했지만, 지금 율민의 반응으로 봐서는 어림도 없었다. 이럴 때는 정공법이 최선이었다.

"네가 매일 악몽을 꾸는 걸 내가 아는데도 안 믿을 거야? 심지어 악몽에 나오는 게 검고 둥근 물체라는 걸 아는데도? 그 둥근 물체가 목을 조르면 숨도 잘 못 쉬고 땀만 흘리다가 겨우 눈을 뜨잖아. 무서워서 화장실을 못 갈 때도 있고."

율민은 등받이에 걸쳤던 팔을 빠르게 내려놓았다. 꼬았던 다리도 얼른 풀어 가지런히 모았다. 표정을 보아 하니 넋이 나간 사람 같았다. 해가 저무는 하늘을 배경으로 하루살이가 몰려들었다. 윤회대기소 영혼들에게 하루살이의 윤회를 말했던 게 기억났다. 시위는 멈췄으려나. 뭐, 이제는 내 손을 떠난 일이니 그만 신경 써야지.

이번에는 내가 벤치에 등을 기댔다. 율민의 발을 두어 번 툭툭 찼다. 화들짝 놀라 고개를 돌리는 율민을 보자 불쑥 화가 났다. 참아야 한다. 염라대왕이란 자고로 저승 법률에 따라 냉정하게 판단하는 혼령이다. 하지만 아직 나는 염라대왕이 아닌걸. 내 안의 불퉁한 마음이 기어코 목소리가 되어 튀어나왔다.

"생각할수록 섭섭하네. 내가 너희 옆집으로 이사 가려고 얼마나 애를 썼는데…. 702호에 사는 사람들이 이사 가고 싶다는 마음이 들도록 진이 빠져라 주문도 외웠거든?"

"그러니까 왜 이러는 건데? 나를 지켜 주기라도 하려고? 이유가 뭐야? 악몽을 꾸는 사람은 많아."

"그건 그렇지. 그래서 말인데, 내가 귀신 하나를 찾고 있거든."

"그럼 가서 귀신이나 찾아. 나한테 들러붙지 말고."

어디까지 진실을 말해 줘야 믿으려나. 이렇게까지는 하고 싶지 않았는데 어째 타이밍이 구렸다.

"…너 얼마 전까지 밤에 잠자다가 침대에 오줌 쌌잖아. 그거 너한테 붙은 귀신이 네 방광을 눌러서 그래."

율민의 움직임이 멈추었다. 미동도 없다는 표현이 정확했다. 애초에 나는 율민이 놀라지 않도록 차근차근 설명하려고 했다. 이렇게 된 건 다 율민이 자초한 일이다.

"그 귀신이 네가 괴로운 게 좋은가 봐. 침대에 오줌 싼 너를 보면서 춤도 추더라. 그런데도 가만히 있을 거야? 쫓아내야지. 그러니까 협조 좀 해. 그 귀신이 누구인지 알아내기만 하면 내가 쫓아 줄게."

"그, 그런 적 없어."

율민이 부정했다. 하기는 열여섯 사내아이가 아직도 자다가 침대에 오줌을 싼다는 걸 인정하긴 어렵겠지.

"요 며칠은 또 괜찮았지? 그건 내가 너희 집에 결계를 쳐서 그런 거야."

"너 허언증 있어? 이렇든 저렇든 귀신 쫓는 모험 따위는 하고 싶지 않아. 그건 네가 알아서 할 일이지 나하고는 상관없는 일이야."

"좋아, 그럼 결계를 거둘게. 그러고 나서도 네가 괜찮으면 내가 네 눈앞에서 아예 사라져 주지. 하지만 만약 네가 제 발로 나를 찾아오면 그땐 함께 귀신을 찾는 거야. 알겠지?"

율민은 내가 사라져 준다는 말에 마음이 동했는지 순순히 내기에 응했다. 나는 그날 바로 결계를 거뒀다. 다음 날 율민이 나를 찾아오리라고 자신하면서 말이다.

그러나 내 장담은 빗나갔다. 예상과 달리 율민은 꽤 버텼다. 그래 봤자 나흘이었지만. 율민은 초췌한 얼굴로 찾아와 오줌 싸는 것만은 막아 달라고 사정했다. 나는 내기를 상기시켰다. 율민은 자포자기한 얼굴로 귀신 찾는 일에 동행하겠다고 약속했다.

"어휴. 엉덩이가 널빤지 되는 줄 알았어."

아윤역에서 내리면서 내가 말했다. 지하철을 한 시간 동안 타니 저절로 그런 말이 나왔다. 그래도 지루하지는 않았다. 이승에는 재미있는 게 많아도 너무 많았다. 특히 넷플릭스와 유튜브는 시간 보내기로 최고였다. 율민도 밖으로 나오자마자 기지개를 켰다. 여전히 싫은 표정이 역력했다.

"우선 저쪽으로 가자."

내가 오른쪽을 가리키며 앞장섰다. 와 본 적은 없지만, 복잡한 저승에 비하면 이 정도 공간 파악은 아무것도 아니었다. 물론 내가 이곳에 온 데는 이유가 있었다. 영혼은 보통 자기가 살았던 생활권이나 자기가 죽은 곳에서 저승 차사를 만난다. 그 말은 튕긴 영혼을 아윤동에서 저승 차사가 만났다는 소리였다. 자기 생활권인지 아니면 죽음을 맞이한 장소인지는 모르겠지만 문제는 사명부에 없는 영혼이라서 누구였는지는 알 수 없다는 점이었다. 그걸 알아내는 것이 내 일이었다. 율민의 몸에 들어간 튕긴 영혼의 실체를 밝혀낸 후 저승으로 데려가는 것 말이다.

"이 동네에서 헤매고 다니는 걸 저승 차사가 데리고 왔나 봐. 그래도 얌전히 따라온 걸 보면 지박령이나 부혼은 아닌 거 같아."

횡단보도를 건너며 율민이 내 말에 대꾸했다.

"검색해 봤는데 지박령과 부혼은 있더라. 그런데 염라대왕이 임기제라는 말은 어디에도 없었어. 너 거짓말하는 거지?"

"아직도 나를 허언증 환자로 몰 생각인가 본데, 지켜봐. 머지않아 내가 저승에서 왔다는 걸 믿게 될 테니까."

우리는 도로를 따라 즐비한 아파트 사이 골목으로 들어갔다. 아파트 단지를 지나자 낡은 다세대 주택들이 보였다. 종종 담쟁이넝쿨로 둘러싸인 건물도 눈에 띄었다. 아직 여름이라 그런지 담쟁이넝쿨은 온통 초록빛이었다. 기와지붕을 얹은 한옥 편의점이 눈에 들어왔다.

"저기 편의점으로 가 보자."

"설마 배부터 채우려는 건 아니지?"

내가 학교에서 점심시간만 기다리고, 쉬는 시간마다 매점에 가는 걸 한두 번 본 것이 아니었으니 그렇게 말할 만도 했다. 하지만 지금 나는 정당한 권리를 누리려는 것뿐이다. 아무리 먹어도 배가 부르지 않게 해 달라고 염라대왕에게 내걸었던 조건 말이다. 이건 내가 이승에서 만끽하는 가장 큰 기쁨이었다.

"일거양득이라고 알려나?"

"무슨 소리야?"

"가 보면 알아. 그리고 편의점에는 맛있는 게 정말 많다고."

"편의점은 우리 동네에도 있어."

율민의 말을 무시하고 편의점으로 들어갔다. 문을 열자마자 시원한 에어컨 바람이 쏟아졌다. 한층 상쾌해진 기분으로 컵라면과 삼각김밥을 집고, 커다란 바닐라 아이스크림도 한 통 꺼냈다. 율민은 고작 생수 하나를 골랐다. 계산을 하려는데, 우리 또래인 알바생이 율민을 보고 멈칫하는 게 느껴졌다.

"분명히 말해 두는데, 이거 나 혼자 먹기에도 모자라."

"걱정 마. 안 뺏어 먹어."

편의점 안쪽 테이블에 앉은 뒤에도 우리를 쳐다보는 알바생의 시선이 느껴졌다. 나는 일부러 고개를 돌려 카운터 쪽을 바라보았다. 순간 알바생과 눈이 마주쳤고, 그 애는 황급히 시선을 돌렸다.

나는 잠시 율민을 요모조모 뜯어보았다. 여자들이 호감을 느끼는 얼굴인가? 음, 일단 내 취향이긴 했다. 나처럼 쌍꺼풀이 없는데도 눈매가 서글서글했다. 눈꼬리가 처져서 강아지처럼 보이는 얼굴에 키도 꽤 컸다.

그러고 보니 우리 반 박빛나도 율민에게 관심이 있는 것 같았다. 빛나는 아이들을 몰고 다니면서 잘난 체하는, 좀 재수 없는 애였다. 그런 빛나가 설렘이 섞인 눈빛으로 율민을 훔쳐보는 걸 여러 번 목격했다. 그래서인지 빛나는 율민과 붙어다니는 나에게 툭하면 시비를 걸었다. 어리석게도 차기 염라대왕에게…. 어쨌든 저 알바생은 빛나처럼 율민을 좋아해서 흘깃거리는 것 같지는 않았다.

"저 알바생 알아?"

"몰라."

"아무래도 너 보는 거 같은데. 첫눈에 반했나?"

"설마."

율민은 그렇게 말하면서도 궁금한 모양인지 편의점을 훑는 척하며 알바생을 보았다.

"처음 보는 얼굴인데."

"아, 그래?"

나는 대충 대답하고는 시선을 바닐라 아이스크림으로 옮겨 열심히 퍼먹었다. 율민이 아이스크림 통에 코를 박을 듯한 내 모습을 보고 쯧쯧 하는 소리를 냈다. 아이스크림이 바닥을 보일 때쯤 알바생이 먼저 말을 걸었다.

"저기… 너 혹시 이진이 아니야?"

나이스! 역시 그냥 쳐다본 게 아니었다. 이승으로 오기 전 비서 차사가 나에게 튕긴 영혼이 나타난 곳을 알려 주었는데, 그중 여기 한옥 편의점도 있었다. 비서 차사는 튕긴 영혼의 생김새가 들러붙은 육신과 신기할 정도로 닮았다면서, 그 둘의 관계를 알아보면 좀 더 쉽게 문제를 해결할 수 있을지도 모른다고 했었다. 내가 굳이 율민을 여기로 데려온 이유였다. 율민과 같이 움직여야만 얻어걸릴 게 있을 테니까.

"아니에요. 잘못 봤어요."

"죄송합니다. 제 친구랑 쌍둥이처럼 닮아서 그랬어요."

율민의 말에 알바생이 곧바로 사과했다. 그 순간 알바생을 잡아야 한다는 생각이 퍼뜩 들었다. 타인이 쌍둥이처럼 닮기는 어려운 법이니까.

"얘 이진이 맞아."

율민이 어이없다는 표정으로 나를 보았다. 나는 미소를 지으며 테이블 아래로 율민의 발을 세게 찼다. 끙 소리가 나직하게 났지만 신경 쓰지 않았다. 얼른 알바생을 보며 말을 이었다.

"나는 이진이 사촌. 이진이가 교통사고를 당해서 잠시 우리 집에 있기로 했어. 크게 다치진 않았는데 기억이 지워져서 얘가 좀 우울해하는 중이야. 얘 기억 되살려 주려고 내가 여기 오자고 했어. 아무래도 이진이 엄마, 그러니까 이모는 바쁘시니까."

내 순발력은 대단했다. 밤을 새우며 여러 드라마를 완주한 보람이 있었다. 이토록 적절한 시나리오가 술술 나올 줄이야. 그래도 거짓말이 들통날까 봐 알바생 눈치를 보기는 했다.

"그럼, 해외여행도 못 갔겠네."

"그렇지."

율민 대신 내가 대답했다.

"그게 나을 수 있겠다. 유학은 원래대로 가는 거야?"

알바생이 율민에게 물었다.

"유학? 맞아, 맞아. 아무래도 병원도 다니고 유학… 어! 그 뭐야, 서류, 서류 준비도 하려니까 누가 옆에 있어 줘야겠더라. 이모도 내가 함께 다니니까 안심이 된다고 하셨어."

유학은 생각지도 못한 단어였다. 얼른 율민을 향해 눈동자를 굴리며 작게 턱짓했다. 내 연기에 동조하라는 무언의 압력이었다. 율민은 어정쩡한 표정을 지으며 "그런가?"라고 말했다. 나는 얼른 화제를 돌렸다.

"나는 염라희. 금방 말했지만, 이진이 사촌이야. 여기 앉을래? 이진이가 교통사고 나면서 휴대전화도 잃어버렸거든. 혹시 이진이 사진 있으면 보여 줄 수 있어? 예전에 어떻게 생활했는지 알면 기억을 되찾는 데 도움이 될 것 같아. 그런데 이름이?"

"임가영."

가영은 편의점 유니폼에 붙어 있는 이름표를 가리키며 의자에 앉았다. 율민은 가영이 건넨 휴대전화 화면 속 사진을 보고 눈이 동그래졌다. 세상에 닮은 사람이 많다지만 이 정도 닮는 건 친인척쯤 되어야 가능한 일이었다. 아니다. 친인척도 이렇게 닮을 수는 없었다. 일란성 쌍둥이라면 모를까.

"정말 기억이 안 나?"

가영이 사진을 한 장 한 장 넘기면서 물었다. 두 사람이 찍은 사진이 많았다. 그런데 계속 보다 보니 같은 고양이가 꽤 자주 등장했다.

"누구 고양이야?"

"길고양이야. 이진이는 캣대디였거든. 특히 블즈를 예뻐했어. 아 참, 블즈는 '블랙치즈'의 줄임말이야."

가영은 빠르게 사진을 넘기더니 노란 바탕에 검은 줄이 있는 고양이 사진을 보여 주었다. 블랙치즈라고 이름을 지은 이유를 알 것 같았다.

"넌 캣맘이야?"

내 물음에 가영이 고개를 끄덕였다. 내가 이어 말했다.

"그러면 기억이 돌아올 때까지 이진이랑 같이 길고양이에게 밥 주러 와도 돼?"

"당연하지. 블즈도 기뻐할 거야."

가영이 고개를 돌려 율민을 보았다. 동시에 내가 신호를 보냈다. 이번에는 발이 아니라 검지로 율민의 검지를 꾹 눌렀다.

✦ 정체 확인

　율민과 나는 아윤도서관 입구에서 가영과 만났다. 우리는 별다른 대화 없이 함께 길을 걸었다. 여름방학이 시작되고, 율민과 아윤동으로 길고양이 밥을 주러 다닌 지 벌써 일주일이 지나고 있었다. 나는 율민을 흘깃 봤다. 무표정한 얼굴로 걷고 있었다.
　사실 율민은 고양이 밥을 주러 가기로 한 약속에 화를 냈었다. 내가 멋대로 덜컥 정해 버린 탓도 있었겠지만, 더 큰 이유는 율민이 고양이를 무서워하기 때문이었다. 캣대디였던 이진과 달리, 율민은 건장한 체격에 맞지 않게 고양이만 보면 피해 다니곤 했다. 하지만 그래 봤자 어쩔 것인가. 이미 협조하기로 약속하지 않았나. 나는 율민이 말을 바꿀까 봐 협조 내용을 다시 한번 톡으로 전달하기까지 했다. 내가 문자로 남겨진 증거를 들이대자 율민은 어찌 그리 용의주도하냐며 투덜거렸다.
　"네가 찾는 귀신이 이진이라는 증거는 없잖아."
　"물증은 없지. 그래도 심증이 갈 만큼은 닮았잖아."
　율민은 내 말에 대답하지 못했다. 아니라고 부정하기에는 닮아도 너무 닮은 두 사람이었다. 나는 율민에게 그날 한옥 편의점에 간 이유를 설명했다.

"네 방광을 누르는 귀신이 그 편의점 앞 의자에 자주 앉아 있었다고 했어. 내가 편의점에 갈 때 일거양득이라고 했던 거 기억나지? 맛있는 것도 먹고, 그 귀신에 대한 정보도 얻을 수 있을 것 같았거든."

가영을 만난 날, 나는 튕긴 영혼이 편의점에 자주 나타난 건 가영 때문이었을 거라고 판단했다. 그래서 가영과 더 가까워질 필요가 있겠다는 생각이 들었다. 율민이 구시렁대는 걸 외면한 것도 이런 이유에서였다.

나는 고개를 돌려 앞을 봤다. 몇 번 왔다고 지리가 눈에 익었다. 그새 길고양이에게 밥을 주는 위치도 거의 외웠다. 근린 생활 공원과 도서관 사이에 나무가 무성한 곳, 그곳이 밥그릇을 놓는 위치였다.

야옹. 어디선가 고양이 울음소리가 들렸다. 벌써 눈치를 챈 모양이었다. 제각각 다른 색과 무늬를 가진 고양이들이 다가와 사료 그릇을 찾았다. 고양이들은 가끔 손을 핥는 것으로 애정을 표현하기도 했다. 오늘은 비 예보가 있어 신경이 쓰였다.

"사료가 죽이 되어 버리면 어떡하지."

혼잣말처럼 중얼거렸다고 생각했는데, 어떻게 들었는지 가영이 대답했다.

"밥그릇을 헌 옷 수거함이나 에어컨 실외기 아래에 두면 돼. 그럼 사료도 죽이 되지 않고, 고양이도 편히 밥을 먹을 수 있어."

"그런데 매일 이렇게 밥을 주려면 사룟값이 만만치 않을 텐데. 괜찮아?"

"아직 돈이 좀 남아 있어. 이진이가 자기는 용돈이 충분하다면서 알바하고 받은 돈을 사료 사는 데 쓰라고 모두 내게 맡겼어. 할머니도 조금씩 주시고 내 알바비도 보태니까 돈이 부족하지는 않아."

여태껏 나는 이진을 이기적이라고 여겼다. 자기 몸으로 돌아갈 수 없다고 해서 타인의 몸에 들어가는 건 과도한 욕심이니까. 그런데 길고양이에게 사료를 주기 위해 알바를 했다니, 이진에 대한 이미지가 묘하게 어그러졌다.

"어! 블즈다."

가영의 외침에 고개를 돌렸다. 블즈는 누구든 예뻐할 만한 고양이었다. 검은색과 노란색이 번갈아 덮인 털은 반들반들 윤기가 감돌았다. 걷는 것도 요염했다. 블즈는 익숙하게 우리가 주는 사료를 먹었다. 그런데 평소와 다르게 사료를 먹다 말고 자꾸 야옹 소리를 내더니, 아예 털을 잔뜩 곤두세우면서 울었다.

"블즈가 이상해."

율민의 말에 가영과 나는 블즈에게 이상이 있나 싶어 계속 살펴보았다. 블즈는 우리가 자기를 쳐다보자 그제야 울음을 멈추고 몸을 돌려 걷기 시작했다. 가영이 말했다.

"따라오라는 거 같은데."

우리는 블즈를 따라나섰다. 블즈는 우리가 잘 따라오는지 확인이라도 하듯 한 번씩 걸음을 멈추고 뒤돌아보며 작게 울었다. 블즈는 어느 빌라 주차장에 있는 낯선 계단으로 내려갔고, 우리도 그 뒤를 계속 따라갔다.

"새끼를 낳았나 봐."

앞서 쫓아가던 가영이 말했다. 계단 끝 창고 안에 정말로 새끼 고양이 두 마리가 있었다. 올망졸망한 모습이 귀여워 손을 뻗으니 가영이 내 손을 툭 쳐 냈다.

"사람이 만지면 고양이 냄새가 사라져서 안 돼. 고양이는 영역 동물이라 냄새를 잃으면 무리에서 쫓겨나고, 어미에게도 버림을 받거든."

가영은 등에 멘 가방에서 비닐장갑 여러 장을 꺼내 율민과 내게 건넸다. 그리고 자기도 장갑을 끼더니 블즈를 어루만지고 그 손으로 새끼 고양이를 만졌다.

"어미 냄새를 묻힌 후에 다른 고양이를 안아 줘. 나는 이 고양이를 안을게. 여기 있으면 빌라에 사는 사람들이 쫓아낼 테니까 일단 밖으로 데리고 나가자."

나는 가영이가 했던 대로 블즈의 몸을 어루만진 다음 새끼 고양이를 두 손으로 잡았다. 주차장으로 막 발을 내디딘 순간,

덩치 큰 남자가 우리 앞을 막으며 신경질적으로 고함을 질렀다.

"너희가 범인이구나!"

하늘색 러닝셔츠를 입은 남자가 슬리퍼를 끌며 다가왔다. 남자는 얼굴이 빨개진 채 숨을 몰아쉬며 우리를 쏘아보았다.

"범인이요?"

내가 한 발짝 앞으로 다가서며 물었다.

"이걸 보고도 모른 척하면 안 되지."

남자는 주차된 차의 긁힌 자국을 가리켰다.

"내 차를 긁은 건 이 고양이고, 이 녀석에게 밥을 준 건 너희 잖아."

"그래서요?"

"물어내야지."

"그게 고양이가 긁은 자국인지 아닌지 어떻게 알아요?"

"왜? 아닌 거 같냐? 내가 확인해 줘?"

대답 대신 남자를 쳐다보았다. 남자는 더 화가 났는지 씩씩거리며 차 앞문을 열고 들어가 무언가 뒤적였다. 밖으로 나온 남자는 내 앞에 서서 블랙박스의 SD카드를 휴대전화에 꽂고 영상을 재생했다. 영상에서는 블즈로 보이는 고양이가 남자의 자동차 보닛 위로 폴짝 뛰어오르고는 이리저리 걸어다니고 있었다.

"이 고양이가 블즈라는 증거 있어요? 노랑 바탕에 검정 줄무늬를 가진 고양이는 많아요."

가영이 따져 묻자, 러닝셔츠 남자는 어이없는지 헛웃음을 지으며 답했다.

"고양이 퇴치제를 뿌려도 봤는데, 냄새에 익숙해졌는지 도망도 안 가더라. 솔직히 난 할 만큼 했어. 이젠 너희들이 물어내. 그리고 너, 여기 와서 봐봐. 더는 발뺌하기 어려울걸."

남자가 율민을 가리키며 말하자, 율민이 바짝 다가갔다. 나도 율민의 옆으로 갔다. 남자가 또 다른 영상을 재생했다. 내 눈이 놀라서 커졌다. 배낭을 멘 채 블즈를 안고 있는 영상 속 인물은 누가 봐도 율민이었다. 정확히는 이진이겠지만…. 가지런한 기러기 모양 눈썹과 강아지 눈꼬리처럼 처진 눈매가 율민이 아니라고 하기에는 너무나 똑 닮았다. 나는 순간적으로 머리를 굴렸다. 율민이 아님을 어떻게든 설명해야 했기 때문이다.

"얘 아니에요. 증명할 수 있어요."

내가 단호하게 말했다.

"증명해 봐."

"봐요."

나는 품에 안고 있던 고양이를 율민에게 내밀었다. 율민이 놀라 두어 걸음 뒷걸음질쳤다. 가영이 이상하다는 듯이 쳐다보았다.

"보셨죠? 영상 속 저 애는 고양이와 친한데, 얜 그다지 좋아하지 않아요."

"지금 장난해?"

러닝셔츠 남자는 찡그린 미간을 펴지 않은 채, 허! 소리를 냈다. 그때 남자의 휴대전화가 울렸다. 남자는 누군가와 잠시 통화하더니 고개를 돌려 크게 말했다.

"여깁니다!"

남자의 손짓에 따라 경찰차 한 대가 주차장으로 들어왔다.

"치안센터까지 동행 좀 해야겠다."

우리는 경찰의 등장에 놀라 허둥댔다. 먼저 정신을 차린 건 가영이었다.

"저희 잘못한 거 없는데요."

"고양이에게 밥을 주지 말라고 했는데도 주고 있다는 주민 신고가 이분 말고도 또 들어왔어. 너희가 고양이를 따라 건물로 들어가는 걸 봤다는 신고 전화도 여럿 있었고."

"여기서 밥 준 적 없어요. 설령 밥을 줬다고 해도 법을 어긴 건 아니잖아요."

가영이 야무지게 대답했다. 경찰은 어쩔 수 없다는 표정을 지으며 계속 설명했다.

"그렇긴 하지. 그런데 여기 주차장에 있는 몇몇 차량이 긁혔나 보더라. 신고가 들어온 만큼 일단 조사하고 결과를 알려 줘야 해. 이분도 방금 신고했고."

새끼 고양이를 안은 가영의 표정에 난감함이 스쳤다.

"블즈 새끼들한테는 네가 밥을 줘. 치안센터는 우리가 갈게."
"알았어. 곧 따라갈게."
나는 경찰의 안내에 따라 율민과 함께 경찰차를 타고 움직였다. 5분쯤 갔을까. '아윤치안센터'라는 글자가 보였다.

치안센터 내부는 협소했다. 안내 데스크 뒤로 다섯 개의 의자가 있는 걸로 보아 다섯 명의 경찰이 근무하는 모양이었다.
"여기서 잠시 기다려라."
경찰의 말에 우리는 안내 데스크 맞은편 의자에 앉았다. 잘못도 없는데 범죄자 취급까지 받는 것 같아 기분이 나빴다. 그런데 시원한 에어컨 바람에 흥분이 가신 걸까? 가만히 앉아 생각해 보니 상황이 나쁘지 않았다.
"오히려 잘됐어."
내 말에 바닥만 보던 율민이 서서히 허리를 폈다. 그러고는 목덜미를 문지르며 낮은 목소리로 비아냥거렸다.
"뭐가 잘됐다는 거야?"
"모두 너를 이진이로 알고 있으니까 네가 계속 이진이인 척하면 새로운 정보를 알 수 있을지도 몰라."
"내 몸에 들어온 귀신이 이진이가 아니면?"
"그럴 리 없어."
증거는 없지만 확신했다. 튕긴 영혼이 발견된 즈음에 이진 역시 유학을 간다는 말을 남기고 사라졌다. 연락이 되지 않는 이진을 걱정하던 가영이 이진 엄마에게 물어보니 해외여행 중이라고 했단다. 정말일까? 곧 유학을 갈 아이가 그 시점에 해외여행을 한다는 게 상식적이지 않았다. 그 말이 사실이더라도 이진과 가영은 캣대디와 캣맘으로 각별한 사이였다. 이진이 한순간에 연락을 딱 끊는 건 누가 봐도 이해하기 어려운 행동이었다.

"증거 있어?"

"차기 염라대왕의 말은 그냥 믿는 거야."

"너 같은 또라이가 염라대왕이 된다고?"

또라이라는 말에 욱하는 감정이 치밀었다. 윤회대기소 영혼들도 꿋꿋하게 염라대왕 교육을 받는 나를 또라이라고 불렀다. 솔직히 이승에 내려올 때까지만 해도 나는 성공을 자신하지 못했다. 6등 선학은 이승으로 가기 전날 나를 찾아와 응원과 걱정의 말을 전했다. 그러나 나는 알고 있었다. 그 말투에 동정이 배어 있다는 것을. 심지어 내게 비아냥거렸던 일도 사과했다. 아마 마지막이라고 생각했던 거겠지. 그때 6등 선학에게 제대로 반박하지 못한 게 두고두고 마음에 남은 상태였다. 그런데 이승에서의 임무가 의외로 술술 풀렸다. 이대로 영혼의 정체만 밝혀낸다면 차기 염라대왕 자리는 내 것이다.

"또라이? 차기 염라대왕에게 한 저주의 말은 그대로 업보가 되어 벌이 내려지는데, 괜찮겠어?"

"그러든지 말든지. 네 협박 이젠 안 통해. 그리고 네 말이 맞는다고 치자. 그래도 넌 아직 차기 염라대왕은 아니잖아, 안 그래? 후보군 교육생인 선학 중 한 명일 뿐이라며? 아 참, 너도 귀신이니까 '명'이라는 단어는 틀린 거네. 귀신은 뭐라고 부르냐?"

"그것도 몰라? '위(位)'라고 불러."

양손을 허리에 붙이고 율민을 노려보았지만, 조용히 하라는 경찰의 한마디에 어쩔 수 없이 자리에 앉았다. 때마침 러닝셔츠 차림의 남자가 치안센터로 들어왔다. 뒤이어 가영도 들어와 율민을 보며 괜찮냐고 물어보고는 의자에 앉았다. 남자는 한쪽 팔을 데스크에 기대고는 비딱하게 서서 말했다.

"그러니까, 이 녀석들이 범인이 맞다니깐요!"

흥분한 남자는 우리를 차례차례 훑어보았다.

"우리 아니에요."

"너희 아윤도서관 근처에서 고양이 밥 주는 녀석들이지? 내가 유심히 지켜보고 있었어. 그런데 저 녀석이 우리 빌라 주차장까지 그 고양이와 함께 오더라. 그리고 좀 전에 블랙박스에 찍힌 거 봤잖아. 그래도 발뺌할 거야?"

가영의 말에 남자가 씩씩댔다. 둘의 대화를 듣던 경찰은 율민에게 시선을 돌렸다.

"한 사람씩 조사할 테니 너 먼저 여기에 앉아라."

경찰이 가리킨 곳은 안내 데스크 뒤에 있는 원형 테이블이었다. 가영은 테이블 쪽으로 걸어가는 율민을 보며 맞잡은 두 손을 꽉 쥐었다. 나는 가영의 손을 감쌌다.

"아무 일 없을 거야."

가영이 나를 보았다. 울 것 같은 표정이었지만 입술을 깨물며 참아 내고 있었다. 경찰과 율민의 대화가 들렸다.

"이름?"

율민은 대답하지 않았다. 경찰이 다시 물었다.

"이름하고 주소 얘기해 줄래?"

"봐요. 찔리는 게 있으니까 말 못 하는 거지."

지켜보던 남자가 한마디 거들었다. 율민은 묵묵부답인 채로 앉아만 있었다.

남자는 그런 율민을 보며 이름이랑 주소도 말하지 않는 게 수상하지 않느냐고 고래고래 소리 질렀다.

내 머릿속도 복잡했다. 아까부터 경찰은 부모를 불러야 한다고 율민을 타일렀다. 율민의 부모에게 연락이 가면 모든 게 헝클어진다.

"잠시만 기다려 주세요, 이진이 어머니가 오실 거예요."

가영이 경찰에게 말했다. 이진의 부모가 율민을 보면 자기 아들이 아니라는 걸 금방 알아챌 텐데…. 생각지 못한 전개에 당황스러웠다.

상황을 정리할 방법을 궁리했지만 아무 생각도 나지 않았다.

굳게 닫힌 문 앞에 서 있는 기분이었다. 야속하게도 시간은 째깍째깍 흘렀다. 율민을 담당한 경찰이 모니터를 보면서 자판을 두드리는 소리만 들렸다.

"이진아!"

한 시간쯤 지났을 때, 이진 엄마로 보이는 여자가 다급하게 들어섰다. 짧은 커트 머리에 마르고 큰 키, 수수하지만 세련된 차림이었다. 이진 엄마의 시선은 곧장 율민에게 향했다. 순간 율민의 얼굴이 딱딱하게 굳었다. 조마조마했다. 이진이 아니라는 걸 몰라야 할 텐데…. 그러나 그 바람은 내 희망 사항일 뿐이었다. 이진 엄마는 율민의 팔을 움켜잡으며 노려보았다.

"너 뭐야. 네 아빠가 시켰니? 아니면 네 엄마가 그러라고 한 거야? 우리 이진이 어디다 숨겼어?"

나는 눈이 동그래졌다. 이진 엄마가 단번에 율민을 알아보다니. 놀란 건 율민도 마찬가지인 듯했다. 경찰이 빠르게 이진 엄마를 저지했다.

"어머니, 진정하세요. 아드님 얘기부터 들어봐야 하지 않겠습니까?"

"내 아들이 아니라고요!"

이진 엄마가 찢어지는 목소리로 고함을 질렀다.

"아드님이 아니세요?"

머릿속이 복잡했다. 이진 엄마는 사라진 이진의 행방을 율민과 율민의 부모에게서 찾고 있었다. 이건 이진 엄마와 율민의 부모 사이에 숨겨진 무언가가 있지 않고서는 나올 수 없는 반응이었다.

"어, 혹시 지난번에 실종 신고 하신 분 아니세요?

이 소란을 지켜보던 다른 경찰이 이진 엄마에게 알은체를 했다.

이진 엄마가 말을 건넨 경찰을 향해 고개를 돌렸다. 벌겋게 달아오른 볼과 꽉 깨문 입술에서 감정을 다스리려는 의지가 보였다. 그러나 감정을 누르는 게 쉽지 않은지 이진 엄마는 아주 잠깐이지만 율민을 노려봤다. 그 모습이 너무 서늘해 나도 흠칫했다. 하지만 그뿐이었다. 이진 엄마는 온몸에 힘이 빠진 사람처럼 어깨를 축 늘어뜨리며 의자에 털썩 주저앉았다. 이진 엄마가 낮은 목소리로 우리에게 말했다.

"장난치면 못써. 이건 이진이를 무시하는 거거든."

이진 엄마의 말에 어떤 의미나 원망이 섞여 있는 것처럼 느껴졌다. 확신할 수는 없지만 예감이 그랬다. 나는 이진 엄마의 말을 들으며 본격적으로 숙제를 할 때가 왔음을 직감했다. 나는 계속 상황을 살폈다. 그러나 이진 엄마는 우리에게 더 할 말이 없는 듯했다.

"아이들은 그냥 돌려보내 주세요. 보상도 제가 할 테니 저하고 이야기하시고요. 그리고 가영아, 너도 일단 집에 가 있어. 아줌마가 나중에 얘기해 줄게."

경찰은 이진 엄마의 말대로 우리를 돌려보냈다. 치안센터 밖으로 나와 걷는 동안에도 생각이 정리되지 않았다. 게다가 율민의 부모에게 오늘 일은 물론, 이진의 실종 사건까지 전해진 상황이라 더욱 심란했다. 그런데 갑자기 가영이 멈추어 서더니 우리를 보며 다그치듯 물었다.

"어떻게 된 일이야? 이진이 어디 있어? 아니, 너 이진이가 아니라고? 그럼 넌 누구야?"

나는 아무 대답도 하지 못했다. 율민도 마찬가지였다. 가영이 차가운 목소리로 말했다.

"말해 주지 않겠다는 거지? 알겠어."

가영은 매몰차게 돌아서 가 버렸다.

✦ 화장하던 날

 이진 엄마조차 이진이 실종되었다고 알고 있는 상황에서 내가 해야 할 일은 이진을 찾는 것뿐이었다. 정확히는 이진의 죽음을 확인해야만 했다. 만약 실종된 이진이 돌아온다면 율민의 몸에 있는 영혼은 이진이 아니라는 뜻이었다. 이진 엄마와 가영에게는 미안하지만, 나는 그러지 않기를 바랐다. 내 예상이 맞을 것이라는 믿음도 있었다.
 이진과 율민, 두 사람 사이에 어떤 관계가 있지 않고서는 그토록 닮을 수 없었다. 게다가 이진 엄마는 율민을 단번에 알아보고 부모가 시켰느냐고 따져 물었다. 이미 율민의 존재를 알고 있었다는 뜻이다. 나는 이진과 율민이 이복형제일 수 있겠다고 거의 확신했다. 이런 출생의 비밀은 드라마에서 많이 보았다.
 생각이 여기까지 다다르자 마음이 편안해졌다. 영혼이 튕긴 이유도 분명 사명부 기록 누락 때문일 것이다. 그렇다면 해결 방법도 어렵지 않았다. 이진의 생일을 기준으로 삼신할미가 율민의 부모나 이진 엄마에게 점지한 기록을 서천꽃밭 생명부에서 확인하면 되니까.

"일이 생각보다 빨리 해결될 것 같아."

세 위도 힘껏 나를 도왔다. 내가 학교에 간 사이, 아윤동에 가서 곳곳을 둘러보며 이진에 관한 정보를 모았다. 하지만 친구들과 사이가 좋고 공부를 곧잘 한 모범생이라는 것 외에 특별한 점은 없었다. 아윤동을 돌아다니는 귀신들에게도 정보를 얻으려 했지만 생각만큼 잘되지 않았다. 그렇게 열흘쯤 조사를 이어 가던 세 위는 아윤동에서 지내던 귀신을 만나 새로운 정보를 알아 왔다.

"이진이가 죽은 건 확실해. 그 귀신이 한옥 편의점 앞에 앉아 있는 이진이를 여러 번 봤대."

역시 이진은 죽은 게 맞았구나 하고 생각하는데, 떼굴이가 말을 덧붙였다.

"아, 이건 중요한 내용은 아닌데…. 그 귀신이 이진이에게 말을 걸어 보려고 했었대. 그런데 이진이가 자기를 보자마자 도망갔다더라고. 그래도 다음에 말을 붙여서 겨우 대화를 해 보기는 했대."

그러면서 떼굴이는 이승을 떠도는 귀신들이 하나같이 저승차사를 피해 도망치는 신세라며, 잽싸게 숨어 버리는 귀신들을 붙잡고 캐묻는 과정이 너무 힘들었다고 투덜댔다. 귀신과 이진의 대화 내용이 궁금했던 나는 떼굴이의 하소연을 듣는 둥 마는 둥 하며 다음 말을 재촉했다.

"그래서? 무슨 이야기를 했대?"

떼굴이는 헛기침을 하고는 다시 말을 이었다.

"글쎄 그 귀신이 이진이에게 편의점 알바생과 무슨 관계냐고 물어봤다는 거야. 혹시 여자 친구냐고 콕 집어서 재차 묻기도 했대."

"죽어서 귀신이 됐는데 그런 게 중요해? 하여간 이승을 떠도는 애들은 좀 엉뚱하다니까. 쓸데없는 질문이나 하고 말이야."

골골해골의 핀잔에 떼굴이가 멋쩍은지 머리를 긁적이며 내 눈치를 살폈다.

"뭐 아무튼 여자 친구는 아니라고 했대. 그냥 자기와 닮은 구석이 있어서 보고 있으면 안쓰럽다나 뭐라나. 그러면서 자기는 태어나지 말아야 했다고, 세상에 존재하면 안 되는 사람이었다는 말을 했다던데. 역시 별로 도움 되는 정보는 아니지?"

내 입가에 미소가 피어올랐다. 자기와 닮은 구석, 태어나지 말아야 하는 상황, 세상에 존재하면 안 되는 사람. 이 세 개의 문구는 내 확신을 굳힐 수 있는 정보였다.

"중요한 이야기 같은데."

이후에 나는 이진에 관한 정보를 더 알아내기 위해 가영을 만나러 편의점에 여러 번 찾아갔다. 그러나 가영은 나를 피해 편의점을 그만둬 버렸다. 이진의 행방을 찾도록 도와달라고 문자 메시지를 보내며 설득도 해 보았지만, 가영은 자기를 속인 사람을 어떻게 믿고 이야기하겠냐며 매몰차게 연락을 끊었다.

한동안 이진의 행방과 관련해서 진전이 없어 답답한 시간이었다. 그나마 치안센터 사건 덕분에 중요한 사실 하나를 알아낼 수 있었다. 치안센터에서 경찰에게 조사를 받던 날, 집으로 돌아간 율민은 부모에게 이진의 존재에 관한 진실을 물었다고 한다. 율민의 부모는 이진의 사진을 보고 놀라면서도 이진이 누군지에 대해 말해 주지 않았다. 하지만 율민의 집요한 추궁과 설득 끝에 부모는 결국 이진과 율민이 이복형제라는 사실을 털어놓았다. 율민은 바로 내게 이 사실을 알렸지만, 이진의 행방은 여전히 묘연했다.

그러던 중 실종 신고를 한 지 석 달이 좀 되기 전, 그러니까 치안센터 사건이 있고 난 후 보름가량 지났을 무렵, 드디어 이진의 소식이 전해졌다.

"한이진 찾았대."

율민은 전화로 담담하게 그간의 상황을 내게 전했다. 아윤동을 둘러싼 뒷산에서 이진이 발견되었다고 한다. 등산로를 벗어난 숲 안쪽에 있는 바람에, 장맛비로 주변의 흙이 쓸려 나가고 나서야 시신이 사람들의 눈에 띈 모양이었다. 시신 발견 이후에도 경찰은 이진을 바로 알아보지 못했다. 사망 원인도 추측하지 못했고 신분도 가늠하기 어려워 이진은 한동안 영안실에 있었다. 그러던 중 다행히도 시신의 옷차림과 실종 신고된 이진의 인상착의가 비슷하다는 것을 눈치챈 경찰이 이진 엄마에게 연락했다. 이진 엄마는 한걸음에 달려와 이진임을 확인해 주었다. 경찰은 곧바로 DNA 대조 작업을 진행했는데, 이때 DNA 대조에 나선 사람이 율민의 아빠인 서영재 박사였다. 이진의 죽음을 마주한 서영재 박사가 장례식 전까지 모든 걸 알아서 처리했다.

개략적인 상황을 설명하는 율민의 말을 들으며 나는 내 예상이 맞았다는 생각에 안도하면서도 율민이 받을 충격에 걱정스러웠다.

율민은 의외로 잘 견뎌 주었다. 아버지에 대한 존경과 믿음이 한순간 산산조각 나는 기분이라고 심경을 토로했지만 그뿐이었다. 물론 이진의 존재에 불편함을 드러내긴 했다.

"걔가 잘못한 게 아니라는 걸 아는데도 화가 나. 나한테 들러붙은 걸 용납하기가 어려워. 그리고 어차피 몰랐던 거 쭉 몰랐으면 나도 편안했을 거잖아. 내 일상에 걔가 돌멩이를 던진 거 같아. 문제는 엄마야. 화를 안 내. 그래서 나도 참고 있어. 엄마가 괜찮다는데 내가 뭐라고 화를 낼 수 있겠어."

고작 돌멩이라니. 율민다운 말이다. 하지만 담담한 표현에서 오히려 마음의 동요가 느껴졌다. 율민은 불안해하고 있었다. 돌멩이가 만드는 파문이 누군가에게는 태풍에 휩쓸리는 혼란으로 다가오기도 한다. 이제껏 율민은 고요한 호수처럼 평화로운 삶을 살았을 것이다. 나는 서둘러 임무를 해결해 율민에게 일상을 돌려주고 싶었다.

 장례식 마지막 날, 나도 그곳으로 향했다. 목적지는 화장장이었다.
 "다 왔습니다."
 화장장에 다다르자 택시 기사가 말했다. 죽음이 머무는 장소라는 게 기운으로 느껴졌다. 울음소리가 간간이 들렸다. 걸어가는 저승 차사와 귀신들의 표정도 담담했다. 모두 노인의 모습인 걸로 보아 때가 되어 떠나는 영혼들인 모양이다. 지나가던 저승 차사가 나를 보고 "수고하십시오."라고 말했다. 나는 대답 대신 살짝 눈인사를 보냈다.
 "왔어?"
 율민이 밖으로 나와 말을 걸었다. 율민은 주변을 둘러보더니 속삭이듯 작은 목소리로 내게 말했다.
 "생각해 봤는데 아빠가 직접 DNA 확인을 한 건 이진이에 대한 속죄였던 것 같아. 하지만 아빠도 엄마도 별다른 설명도 안 해 주셔서 그냥 이리저리 짐작할 뿐이야. 오늘도 나는 여기 오지 말라고 하셨는데, 내가 오고 싶어서 왔어."
 묻지도 않은 말을 먼저 쏟아내는 모습에서 율민의 답답함과 불안감이 느껴졌다.

나로서는 율민이 화장장까지 와 주어서 다행이었다. 율민의 몸에 붙은 영혼이 이진이 맞다면, 제 몸이 불탈 때 영혼이 튀어나올 테니까. 영혼의 정체를 확인할 기회를 앞둔 나는 단단한 결계를 만들어 마구니의 위협에 대비해야 했다.

"불 들어왔다."

율민의 말에 고개를 들었다. 화장 시작을 알리는 표시가 빨갛게 빛났다. 안내판에 뜬 6호실로 향했다.

"부채는 왜 들고 왔어?"

"어서 가자."

대답 대신 율민의 등을 밀었다. 막 6호실로 들어서려는데 우리 쪽으로 걸어오는 가영이 보였다. 가영은 내게 시선을 주지 않았다. 나는 율민의 옆에 섰다.

"한이진 군이 이승에서 마지막 인사를 하려고 합니다. 이진 군을 위해 모두 기도해 주시기 바랍니다. 혹시 마지막 인사를 하지 못하신 분은 이쪽으로 나오시면 됩니다."

가영이 앞으로 나갔다. 곧이어 유리창 너머에서 이진의 육신이 담긴 관이 올라왔다. 관 뒤편으로 철문이 열리고 불길이 솟아올랐다. 관이 레일을 타고 불길을 향해 서서히 나아갔다.

몸에 긴장감이 감돌았다. 곧 율민의 몸에 숨어 있던 이진이 튀어나올 것이다. 아무리 꼭꼭 숨은 영혼이라도 제 몸을 잃는

충격에는 모습을 드러내기 마련이니까. 이진이라고 다르지 않을 터였다. 만약 화장이 끝날 때까지 아무런 일도 일어나지 않는다면, 처음부터 헛짚은 거겠지. 염라대왕에게 보낸 경과 보고서도 부질없는 일이 될 수 있었다. 나는 약간의 초조함을 품고 율민을 지켜보았다.

영혼이 튀어나올 타이밍을 알아채는 방법은 냄새였다. 보통은 영혼이 아무 빛깔과 냄새가 없는, 무색무취의 상태일 거라고 생각한다. 하지만 아니다. 사람이 죽고 몸과 영혼이 분리된 후 제 몸을 완전히 잃게 되면, 영혼은 그때부터 특유의 냄새를 풍긴다. 문제는 그 냄새가 마구니를 유인한다는 점이었다. 그래서 저승 차사는 저승으로 데려갈 영혼의 냄새부터 지워 마구니로부터 보호하곤 했다. 장례식 때 향을 피우는 것도 미처 지우지 못한 영혼의 냄새를 가리기 위해서다. 나는 희미한 냄새라도 놓치지 않기 위해 후각에 집중하며 주변을 살폈다. 한 손으로는 부채를, 다른 한 손으로는 가방에 든 팥과 소금을 움켜쥐었다.

"이진아! 이진아!"

이진 엄마가 울부짖었다. 가영이 흐느끼다가 소리를 내며 울었다. 나는 긴장한 채 율민의 뒤에서 등을 살짝 굽히고 주변을 주시했다.

그때 율민이 가영에게 말을 걸었다.

"블즈를 데려오지 그랬어. 마지막일 수도 있는데."

눈물범벅인 가영이 의아한 얼굴로 율민을 쳐다보았다. 그동안 한 번도 가영에게 먼저 말을 건 적이 없던 율민이다. 뭔가 이상했다. 고양이를 무서워하는 녀석의 입에서 블즈가 오지 않은 걸 아쉬워하는 말이 나올 리가 없었다. 심지어 율민은 말하는 동안 자꾸 몸 여기저기를 긁었다. 안절부절못하는 것처럼 느껴졌다. 좀 전까지만 해도 하지 않았던 행동이다. 혹시 제 몸을 잃어버린 영혼이 타인의 몸에 깃들며 나타나는 부적응 현상인가. 불현듯 한 가지 생각이 스쳤다.

'빙의다. 빙의가 시작됐어. 하지만 어떻게…?'

빙의는 율민의 주변에서 장난질을 치던 수준과는 다른 이야기였다. 악몽을 꾸게 만들고 방광을 누르는 것은 어쩌면 앞으로 벌어질 일에 비하면 사소한 일이었다. 머리카락이 쭈뼛 섰다. 이대로 빙의가 진행되면 율민에게 붙은 이진의 영혼이 더 깊이 숨어들게 된다. 나는 눈을 치켜뜨고 부채를 들어 올렸다. 어떻게든 막아야 했다.

'이건… 냄새? 드디어 냄새가 나는 건가?'

희미하게 영혼의 냄새를 느꼈다. 나는 부채를 쥔 손에 힘을 주고는 옆에 있던 의자에 빠르게 올라섰다. 그리고 검도 선수가 검을 내리치듯, 부채에 힘을 실어 율민의 정수리를 향해 힘껏 휘둘렀다. 율민이 털썩 주저앉았다. 외마디 비명도 없이 그대로 정신을 잃었다. 동시에 냄새가 말끔하게 사라졌다.

✦ 저장 장치

빙의는 좀처럼 일어나는 일이 아니다. 미움, 그리움, 분노의 감정이 가슴에 사무칠 만큼 강해야 하고, 그 감정의 덩어리가 풀리기 어려울 만큼 아주 단단하게 응어리져야 한다는 조건이 있다. 그러나 이 조건에 부합한다고 해도 실제로 빙의가 되는 경우는 매우 드물었다. 이진이 빙의가 됐다는 건 원망의 마음이 풀기 어려울 정도로 단단하고 가슴에 사무친다는 뜻이었다. 나는 문득 이진이 자기 아빠인 서영재 박사와 이복형제인 율민의 존재를 알고 있었는지 궁금했다.

하지만 지금 중요한 건 그게 아니었다. 빙의가 된 이상 영혼 분리식을 해야 했다. 그러려면 분리한 영혼을 담을 저장 장치부터 구해야 했다. 꼭 만나야 할 사람이 있었다.

"이번 역은 아윤역, 아윤역입니다. 내리실 문은…."

나는 지하철을 내려 가영이 알바하던 편의점으로 향했다. 당연히 편의점에 가영은 없었다. 알면서도 온 건 생각을 정리하기 위해서였다. 일단 먹을 것부터 사서 통창 앞 테이블에 내려놓고

선 채로 창밖을 보며 먹기 시작했다.

8월 말 한낮의 더위가 기승을 부려서인지 거리가 제법 한산했다. 반소매 셔츠 차림에 흐르는 땀을 닦는 저승 차사도 눈에 들어왔다. 나는 저승 차사의 어색한 연기에 피식 웃음을 터트렸다. 그도 나를 보자 민망한지 어색하게 웃고는 곧 얼굴을 돌렸다. 이해할 수 있다. 더위도 추위도 느끼지 못하는 저승 차사가 더운 척 시늉하다가 나하고 눈이 마주쳤으니, 쥐구멍에라도 들어가고 싶을 테지. 하지만 저승에 안 가겠다는 귀신을 달래려면 힘든 척도 해야 하고 엄살도 피워야만 했을 터였다.

어느덧 테이블 위에 있는 음식들을 말끔히 먹어 치웠다. 그사이 어느 정도 생각을 정리했다. 얼추 시간이 다 되었다. 쓰레기를 정리하고 편의점을 나왔다.

아윤도서관이 보였다. 길고양이 한 마리가 도서관 뒤 실외기 근처에 놓인 밥그릇으로 다가가고 있었다. 두리번거리며 다른 고양이의 흔적을 찾았다. 헌 옷 수거함 아래로 들어가는 고양이가 보였다. 이번에는 곧장 배드민턴장을 지나 그 옆에 있는 계단을 뛰어 올라갔다. 계단 끝에 도착해 오른쪽에 놓인 의자 아래를 살폈다. 역시 그릇에 사료가 가득 담겨 있었다. 가영이 다녀간 지 얼마 되지 않았다는 뜻이었다. 재빨리 주변을 살폈다. 멀지 않은 곳에 가영의 뒷모습이 보였다. 나는 빠른 걸음으로 가영에게 다가가 어깨에 손을 얹었다.

"만나서 다행이야."

 가영은 여전히 나를 보고도 알은체를 하지 않았다. 나는 굴하지 않고 가영의 뒤를 따랐다. 계단을 내려간 가영이 그릇을 찾아 사료를 부었다. 따르르르르륵. 사료가 채워지는 소리가 들렸다.

"편의점 그만뒀더라."

 나는 사료 그릇을 제자리에 가져다 놓은 다음 또 말을 걸었다. 가영은 아무 말도 하지 않았다. 율민을 이진이라고 속이고 고양이에게 밥을 주러 다녔으니 화가 날 만했다. 마지막 사료 그릇까지 채우고 나서야, 가영은 공원에 있는 빈 의자에 앉았다. 공원에 가로등이 켜졌다. 바람에서 희미하게 가을이 느껴졌다. 나는 가영의 눈치를 보며 옆에 앉았다.

"아직도 골려 먹을 게 남았어?"

 가영이 싸늘한 목소리로 물었다. 말투에서 냉랭한 기운이 훅 밀려왔다. 나는 변명하듯 대답했다.

"일부러 널 속이려고 했던 건 아니야."

"경찰서에 가지 않았으면 계속 속였을 거잖아. 그게 일부러가 아니면 뭐니?"

"가끔은 어쩔 수 없는 일들이 있어. 진실을 밝히기 위해 거짓말을 해야 할 때도 있는 거라고. 당한 사람은 화가 나겠지만, 살다 보면 이해하게 되는 날이 올 거야."

"너랑 같이 온 그 애가 이진이가 아니라는 걸 알았을 때 너무 혼란스러웠어. 고양이 밥을 주러 다니면서 이상하다고 느낄 때도 있었지만, 사고로 그런 줄 알았지. 이진이가 아닐 거라고는 생각도 못 했어."

가영은 애써 눈물을 참으며 한 단어씩 힘주어 말했다. 그 목소리가 가늘게 떨리고 있었다.

"미안. 그럴 수밖에 없었어."

내가 여기에 온 목적, 내 임무에만 신경 쓰느라 가영의 마음 따위는 안중에 두지 않았다는 걸 인정해야 했다. 죽음을 겪는 건 떠나는 쪽이나 남는 쪽 모두 고통스러운 일이었다. 그런데도 친구의 죽음을 마주하게 될 가영의 마음을 헤아리지 못했다. 돌이켜보면 이기적인 생각이었다.

"너 진짜 정체가 뭐야?"

"차기 염라대왕."

"허! 매사 모든 게 장난이니? 내가 그렇게 만만해?"

가영의 목소리가 높아졌다. 고개를 돌려 가영을 보았다. 눈물이 그렁그렁 맺혀 있었다. 홍시처럼 붉은 감빛의 노을이 가영의 볼에 내려앉았다. 울음을 토해 내기 싫은지 입술을 꽉 다물고 있었다.

"믿기 힘들다는 거 알지만 진짜야. 이진이의 영혼을 저승으로 데려가는 게 내 임무거든. 믿고 안 믿고는 네 자유지만 율민이의 몸에 이진이가 있는 건 확실해. 이진이가 이복형제인 율민이를 원망했던 거 같아."

"아니. 아빠하고 살아 보고 싶어서 그랬을 거야. 이진이가 유학을 가면 생명공학을 전공하고 싶다고 했거든. 장례식 때 그 아버지라는 분을 만나고 나서 검색해 봤어. 서영재 박사, 대한민국 과학자상도 받을 만큼 꽤 유명한 생명공학 분야 전문가시더라. 왜 생명공학을 배우고 싶어 하는지 몰랐는데, 그제야 이해할 수 있었어."

어쩌면 가영의 말이 맞을 수 있었다. 빙의까지 하며 율민의 몸에 붙어 있으려 하는 것을 단순히 원망만으로 설명하기는 어려우니까.

"어쨌든 죽은 사람은 저승으로 가야 해. 산 사람 몸에 붙어 있으면 살아 있는 사람에게 해가 되거든. 그러니까 네가 도와줘."

"내가 왜? 말하지 않아도 마음이 통했던 친구가 이진이였어. 그런데 그런 친구가 아빠와 함께 살고 싶다는데, 내가 왜 굳이 떠나게 도와야 해? 그러기 싫어. 누구보다 그 마음을 잘 아는 내가 그럴 수는 없어."

"자칫하면 이진이랑 똑같이 생긴 개, 율민이가 죽을 수도 있어."

가영은 율민이 죽을 수도 있다는 말에 흠칫했지만, 더는 말을 하지 않았다. 나는 속이 탔다. 저장 장치를 구하지 않으면 삼도천을 건너 저승까지 무사히 갈 수 없었다. 삼도천은 그 에너지 파장이 워낙 커서 파일화된 영혼이 그냥 지나다가는 손상되기 십상이었다. 그래서 영혼을 담아 이동할 저장 장치가 필요했는데, 그것은 바로 망자에게 의미 있는 물건이었다. 이런 이유로 나는 이진이 생전에 아끼던 물건을 찾아야만 했다. 그리고 그걸 알려 줄 사람은 가영과 이진 엄마뿐이었다.

"가영아, 나는 죽은 이진이의 영혼을 안전하게 저승으로 데려가고 싶어. 그러려면 이진이가 평소에 아끼던 물건이 있어야 해. 이건 이진이를 위한 일이기도 해. 그러니까 도와줘."

가영은 생각에 잠긴 듯 침묵했다. 나는 기다렸다. 가영에게도 생각할 시간이 필요할 테니 말이다. 이진이 자기 아빠와 살아 보고 싶어 하는 걸 왜 말려야 하냐던 가영이었다. 도와달라는 내 말에 선뜻 알았다고 답할 리 없었다. 가영이 충분히 고민하고 결정할 수 있도록 기다려 주는 건 어쩌면 내가 지켜야 할 예의였다.

산 너머로 넘어간 노을 위로 어둠이 짙어졌다. 가영의 볼에도 그림자가 드리웠다. 가영이 조심스럽게 입을 열었다.

"나… 이진이를 좋아했어. 진심으로 이진이가 편안해지기를 바라지만, 이진이에게 의미 있는 물건이 나한테는 없어. …이진 책방에 가 봐."

나는 가영과 헤어진 뒤 아윤역을 가로질러 반대편 동네로 갔다. 먹자골목 사잇길을 따라 3분 정도 걸으니 파란색 바탕에 은 빛으로 새겨진 '이진책방'이라는 상호가 보였다. 책방 앞에 다다르자 잠시 숨을 가다듬으며 생각을 정리했다. 책방에서 새어 나온 조명에 긴장이 조금 풀리는 듯했다. 나는 책방의 문고리를 잡아당겼다.

딸랑 소리가 났다. 이진 엄마가 나를 쳐다봤다. 롱스커트에 카디건을 걸친 모습이었다. 조명이 은은한 데다 거리가 멀어서 이진 엄마의 표정이 잘 보이지 않았다. 나는 모른 척 서점을 둘러보았다. 그림책 전문 서점 같았다. 가운데 테이블에 그림책이 가지런히 누워 있고, 그 위를 모자 모양의 전등이 비추고 있었다. 그리 크지 않은 서점 안을 한참 서성였지만, 이진 엄마는 나에게 말을 걸기는커녕 나를 쳐다보지도 않았다. 펜을 쥔 걸로 보아 무언가를 적고 있는 듯했다. 참을성 없는 내가 결국 지고 말았다.

"저 기억하시죠?"

"무슨 일이니? 책을 사러 온 건 아닐 테고. 설마 서영재 박사가 보냈니?"

못마땅한 얼굴이었다. 화장장에서의 사건을 떠올리면 그럴 만했다. 내가 내리친 부채를 맞고 율민이 쓰러지자, 이진의 죽음을 애도하는 분위기가 한순간에 증발했다. 구급차까지 오게 되면서 크게 소란이 일었다. 내가 달가울 리 없었다.

"이진이 때문에 왔어요. 서영재 박사님이 보낸 건 아니니 오해하지 마세요."

나는 어깨를 살짝 움츠렸다. 나와 이진 엄마 사이에 싸늘한 공기가 채워졌다. 이진 엄마는 냉장고에서 음료를 꺼내 컵에 따르며 말했다.

"앉아라."

이진 엄마는 음료가 든 컵을 내 앞에 놓았다. 한입 마셔 보니 시원한 자몽 에이드였다.

"제가 화장장에 간 건 이진이와 율민이를 지키기 위해서였어요. 그 애들을 보호할 결계를 쳐야 했거든요."

"그걸 믿으라고 하는 소리니?"

"사실이에요. 그날 화장을 했잖아요. 화장을 하면 망자와 이승의 연결고리가 끊어져요. 이진이가 자기 몸에서 완전히 해방되는 거죠. 그런데 그 틈에 마구니가 달려들면 이진이의 영혼이 위험해져요. 저는 그 상황을 막으려고 했던 거예요."

"너 무당이니?"

나는 차기 염라대왕이다, 염라대왕에게 임무를 받아 이승에 왔다, 이런 말을 또 하려니 이젠 입이 아팠다. 믿지 않는다면 그냥 상상하는 대로 놔둬도 되지 않을까.

"일종의 무당이라고 해 두죠. 귀신을 느끼니까 틀린 말도 아니고요."

"그래서?"

"이진이가 무사히 저승에 갈 수 있도록 도와주세요."

이진 엄마는 아무 대답도 하지 않고 물끄러미 나를 보았다. 그러더니 한참 만에 입을 열었다.

" 율민이 몸에 귀신이 들어왔다는 증거는 있어? 그리고 그 귀신이 우리 이진이라는 증거는 있는 거니?"

증거는 없다. 사람들은 왜 이렇게 눈에 보이는 증거만 믿는지 답답하기만 했다. 보이지 않는 저승의 순리를 설명하기가 너무 어려웠다. 그래도 여기서 포기할 수는 없었다.

"…이진이 맞아요. 그대로 두면 율민이가 죽을 수도 있고요. 속는 셈 치고 한 번만 믿어 주시면 안 돼요? 이진이 착한 아이잖아요. 그런 이진이가 율민이를 죽게 만들면 지옥에 떨어져서 고통받을 거예요. 그걸 원하시지 않잖아요."

이진 엄마는 계속 무언가를 생각하는 듯했다. 그러다 입을 열었다.

"내가 뭘 도와야 하니?"

"이진이가 보물처럼 아꼈던 물건을 찾아 주세요. 그게 있어야 이진이를 그 물건에 실어서 저승으로 데려갈 수 있어요."

"좋아. 도와줄게."

생각보다 빠른 허락이었다. 이토록 쉽게 도움을 주겠다고 말할 줄은 몰랐다. 얼떨떨했다. 다시 이진 엄마가 말했다.

"너도 내 부탁 하나 들어주렴."

"말씀하세요."

"이진이가 왜 죽었는지 말해 줘. 너는 영혼을 본다며. 사고인지 누가 밀었던 건지 좀 알려 줬으면 하는데…."

이진 엄마의 목소리가 떨렸다. 이진 엄마가 내 제안을 쉽게 받아들인 이유를 알 것 같았다. 이진의 죽음은 아직도 원인이 밝혀지지 않았다. 내 말을 믿어서가 아니라, 아주 작은 것이라도 알아내고 싶은 거겠지. 아들이 죽은 까닭을 어떻게든 밝히고 싶은 그 마음 말이다. 애끊는 이진 엄마의 감정이 나에게까지 와닿았다. 심장이 뻐근했다. 솔직히 나 역시 이진이 왜 산에 갔는지 궁금했다. 죽음으로 내몰린 이유가 무엇인지도 이진에게 직접 확인하고 싶었다. 그러나 영안을 통해 이진의 과거를 확인하는 건 불가능했다. 어떻게 한담…. 우는 모습을 보이지 않으려고 애쓰는 이진 엄마를 보며 잠시 생각했다. 방법은 하나뿐이었다.

"영혼 분리식 때 오셔서 직접 물어보세요."

✦ 예상은 빗나가고

 이진 엄마가 준 건 칭찬스티커 북과 드론이었다. 나는 일단 지금까지의 상황을 담은 보고서를 작성했다. 그리고 영혼 분리식을 할 날도 가능한 한 빠른 날짜로 정해서 저승앱 게시판에 올렸다. 시간을 끌수록 율민이 힘들어질 것 같았다. 이진 엄마에게는 날짜와 장소를 알려 주었고, 율민의 부모는 초대하지 않았다. 그래도 날짜를 말씀드리긴 했다. 그게 저승의 도리라고 생각해서였다.
 "준비해 줘."
 나는 방문을 열고 거실에 있는 세 위에게 말했다. 그러고는 내 방으로 들어가 거울 앞에 서서 머리를 다시 땋았다. 일부러 양 갈래로 땋은 머리를 하려고 한 건 아닌데, 이승에서의 마지막 모습이었던 까닭에 습관적으로 머리를 땋았다. 머리를 정리하고는 침대에 걸터앉아 저승에서 가져온 태블릿을 켰다. 겉으로 보기에는 이승의 태블릿과 다를 게 없었지만, 쓸 수 있는 앱이 달랐다. 저승 스토어에서 앱을 다운받아 설치하면 특별한 장

비가 없어도 702호를 영혼 분리식 제례 공간으로 만들 수 있다. 나는 제례 앱을 열었다. 앱 안에는 윤회를 모두 끝낸 영혼을 위한 '작별 제례', 갑자기 시든 생명꽃을 되살리기 위한 '긴급 사명부 수정 제례' 등 다양한 메뉴가 있었다. 눌러 볼 수 있지만 누르지 않았다. 이승에 내려오던 날, 저승 차사가 태블릿을 건네며 가끔 사용 권한에 문제가 생겨 전원이 꺼지지 않는 경우가 있으니 함부로 실행하지 말라고 경고했었다. 나는 '빙의 영혼 분리 제례' 메뉴를 눌렀다. 팝업창으로 뜬 사용 설명서를 꼼꼼하게 읽었다.

나는 다시 거실로 나갔다. 제례를 치를 준비가 다 된 상태였다. 불빛이 들어오지 못하도록 암막 커튼을 쳐 놓았고, 제례수로 사용할 삼다수도 준비되어 있었다. 소파에 앉아 율민을 기다렸다. 시계를 보니 곧 도착할 시간이었다. 제시간에 맞춰 딩동 소리가 났다. 현관으로 걸어가 문을 열었더니 율민이 긴장한 얼굴로 서 있었다. 율민은 여전히 내가 차기 염라대왕이라는 말을 믿지 않았지만, 이진을 알고부터 태도가 좀 달라졌다. 특히나 화장장에서 기절한 후로 자기가 빙의된 상태라는 건 인정하는 듯했다.

"내가 할 일은 없어?"

거실로 들어선 율민이 가방을 소파에 내려놓으며 물었다. 내가 끄덕이자, 율민은 제례 상 위에 놓인 칭찬스티커 북과 드론으로 시선을 돌렸다. 내가 말했다.

"이진이가 칭찬스티커 북을 열심히 채운 걸 보고 네 아빠가 이 드론을 사 줬나 봐. 아빠에게 받은 드론이라서 그런지 무척 아꼈대."

"나도 저 드론 있어. 그런데 왜 이게 필요한 건데?"

"여기에 이진이를 담을 거야."

"가둔다는 뜻이야?"

내가 그렇다고 대답하자, 율민은 제례 상 가까이 다가가 드론과 칭찬스티커 북을 자세히 살폈다. 표정 변화는 없었지만, 눈빛에 쓸쓸함이 감돌았다. 좀 더 설명해 주어야겠다는 생각이 들어 입술을 달싹였다. 그런데 미스터 점이 끼어들었다.

"이진이 어머니가 오고 나면 늦을 것 같다. 지금 시작해야 잘 마무리할 듯한데."

"그럼 시작해요."

내 말이 끝나자 골골해골이 전등을 모두 껐다. 나는 태블릿에서 앱을 구동시켰다. '시작' 버튼을 누르자 태블릿 화면이 빛을 뿜어냈다. 702호 거실에 홀로그램이 흩뿌려지더니 실제와 같은 제례 공간이 구현되었다. 컴컴했던 공간에 별들이 반짝였다.

"여기 앉아."

율민이 내 뒤에 앉는 걸 보고 나도 제례 상 앞에 앉았다. 나는 눈을 감고 기도문을 읊었다.

"저승의 판결자인 염라대왕이시여, 생명을 관장하는 삼신할미시여, 온 누리를 굽어살피는 옥황상제시여, 이 자리에서 보고 드리옵니다."

나는 아무래도 서천꽃밭에서 생명꽃으로 만들어질 때부터 재능이 탑재된 모양이었다. 기도문을 외워 본 적이 없는데도 이렇게 자연스럽게 읊는 걸 보면 말이다. 그러니 저승 최고 관리자인 염라대왕 자질도 우수한 게 틀림없었다. 물론 그 자리도 영원한 건 아니었다. 삼신할미와 옥황상제도 일정 기간이 지나면 자리에서 내려와야 했다. 이후는 선택이었다. 영혼을 소멸시키든, 영원을 살든, 인간이 되어 윤회를 시작하든 선택이 가능했다. 반면 구천소생촌 영혼은 어떤 선택도 할 수 없었다. 구천소생촌 출신이 업신여김을 당하지 않기 위해서는, 윤회를 기다리다 조바심으로 말라비틀어지지 않으려면, 나는 기필코 이진을 데려가 염라대왕이 되어야만 했다.

나는 점점 더 몰입해 기도문을 읽어 내려갔다. 어느새 눈앞에 섬광이 번쩍였다. 눈을 뜨자 702호 안에 우주가 펼쳐졌다. 별이 끊임없이 생성되고 부서졌다. 미스터 점이 다가와 삼다수 병을 들어 투명한 유리컵 두 잔에 물을 반씩 담았다. 내가 한 잔을 마시고 다른 한 잔은 율민에게 건넸다.

"마셔. 영혼을 정화해 줄 제례수야. 예전에는 술을 사용했는데, 요즘은 알코올 의존 영혼이 느는 바람에 생수를 사용한다더

라. 화산 암반수라 제례수로는 삼다수가 가장 적합한 것 같아."

율민은 컵을 받으려 팔을 내밀었다. 그런데 갑자기 손바닥으로 내 손등을 때리듯 강하게 쳤다. 퍽. 들고 있던 유리컵이 요란한 소리를 내며 바닥에 떨어졌다. 놀란 내가 물었다.

"왜 그래?"

율민은 대답 대신 나를 두 팔로 밀었다. 나는 균형을 잃고 나자빠졌다.

"누구 좋으라고 내가 나가? 어림도 없어."

"너희 둘 다를 위해서야."

"웃기지 마. 내가 모를 줄 알고. 율민일 지키려는 거잖아!"

"그래도 가야 해."

이진의 영혼이 율민을 밀치고 앞에 나선 모양이었다. 빙의한 녀석을 제대로 마주한 건 처음이었다. 얼른 녀석의 팔을 잡았다. 나도 힘으로는 뒤지지 않는 편이었다. 그런데도 녀석이 밀치는 힘에 또 균형을 잃었다. 그사이 녀석은 칭찬스티커 북과 드론을 손에 쥐었다. 너무 놀라서인지 세 위는 녀석을 만류할 생각을 하지 못하는 듯했다. 나는 얼른 정신을 차리고 영혼을 진정시키는 주문을 외웠다. 효과가 있었다.

"이 녀석 좀 얼른 빼 줘."

율민이 혼란스러운 얼굴로 말했다. 다시 정신을 집중하고 이번에는 아껴 두었던 염력을 칭찬스티커 북과 드론에 모았다. 하지만 녀석이 달려들어 물건들을 빼앗았다. 다시 가져오려고 녀석의 팔을 붙잡았지만, 내 힘으로는 이길 수가 없었다. 세 위에게 도와달라고 소리를 쳤다. 그러나 녀석이 더 빨랐다. 현관문을 열고 잽싸게 나갔다. 말려야 했다. 이진의 영혼을 702호 안에 머물도록 해야만 오늘 밤 저승으로 데려갈 수 있으니까. 하지만 녀석은 신발도 신지 않은 채 701호로 뛰어 들어갔다. 나는 701호 문이 닫히기 전에 얼른 쫓아 들어갔다. 세 위도 내 뒤를 따라오고 있었다. 영혼 분리식을 하느라 한동안 어둠 속에 있어서 인지 거실 불빛에 눈이 부셨다. 눈을 가느다랗게 뜨고는 앞을 봤다. 율민의 부모가 눈에 들어왔다. 황당하다는 표정이었다.

녀석은 율민 부모의 시선을 무시하고 곧장 율민의 방 앞으로 걸어갔다. 칭찬스티커 북과 드론을 한쪽 팔에 끼고는 다른 쪽 손으로 문고리를 잡았다.

"그건 네 것이 아니란다. 이리 주려무나."

서영재 박사의 말에 녀석이 멈칫했다. 그리고 천천히 손을 내려놓고 몸을 돌렸다. 녀석의 눈빛이 좀 달라지는가 싶더니 뒤통수를 긁으며 말했다.

"내 거예요."

"그건 이진이 거란다."

나는 서영재 박사가 이진의 칭찬스티커 북과 드론을 단박에 알아보는 데에 놀랐다. 어딘가에 무슨 표시가 있는 걸까. 내가 말한 적은 없는데. 이진 엄마가 말을 전했으려나.

"아빠 말이 맞아. 그만 돌려주렴."

"내가 이진이에요. 이젠 됐죠?"

녀석이 대놓고 자기를 드러냈다. 율민의 부모는 믿지 않는 눈치였다. 율민 엄마는 아예 녀석의 손에서 드론을 빼내려고 했다. 녀석은 뺏기지 않으려 손을 꽉 쥐었다.

"드론을 가져가고 싶으면 사과부터 해요. 나, 한이진 앞에서 진심으로 미안하다고 말해 주세요."

"뭘?"

서영재 박사가 되묻자, 녀석이 힘을 주어 율민 엄마를 밀쳐 내고는 드론과 칭찬스티커 북을 품에 꽉 껴안으며 대답했다.

"칭찬스티커 북 열 권 채우면 나하고 함께 산다고 했잖아요. 왜 약속 안 지켰어요? 왜 내게 거짓말을 했느냐고요. 내가 열 권을 채우려고 얼마나 노력했는데…."

우는 건가? 눈물은 보이지 않았지만, 녀석의 목소리가 흔들리고 있었다.

"공부도 열심히 했고 사고도 안 쳤어요. 여덟 권째 칭찬스티커 북을 다 채운 날, 아빠가 드론을 보내 주셨죠. 처음에는 나머지 두 권을 빨리 채워야겠다는 생각뿐이었어요. 아빠와 같이 드론을 날리고 싶었거든요. 열두 살이었던 내가 얼마나 꿈에 부풀어 있었는지 알아요? 그런데 아빠는 왜, 왜 그러셨어요. 드론이 이별 선물인 줄 알았다면….”

참기 어려웠던 모양이다. 녀석의 뺨에서 결국 눈물이 흘렀다. 서영재 박사는 온몸이 굳어 버린 사람처럼 꼼짝도 않고 서 있었다. 꽉 다문 입술만이 미세하게 떨리고 있었다. 율민 엄마가 걱정과 긴장이 섞인 표정으로 물었다.

"율민아, 너 왜 이진이처럼 구는 거니?"

"왜 같은 말 되풀이하게 해요? 내가 이진이라고 했잖아요!"

녀석이 소리를 빽 질렀다. 701호 공기가 팽팽해졌다. 얼른 상황을 끝내고 녀석을 다시 702호로 데려가야 했다.

"믿기 어려우시겠지만, 지금 말하는 건 이진이의 영혼이에요."

녀석이 나를 쳐다보았다. 녀석의 오른쪽 광대뼈가 실룩였다. 입꼬리도 광대뼈의 움직임에 따라 오르락내리락했다.

"라희 학생, 그때 보니 무당 같던데 우리 아이한테 충동질 그만하고 이만 돌아가요."

"저는 문제를 해결하러 온 거예요. 이진이가 사명부에 없는 영혼이라서 직접 데리러 온 거라고요."

내 말에 서영재 박사는 어이가 없다는 듯 헛웃음을 지었다. 문제는 그다음이었다. 녀석이 비꼬는 투로 말했다. 뭔가를 알고 있는 태도였다.

"사명부에 없다? 아빠는 이유를 알 거 같은데…."

"이진이가 그렇게 된 건 엄마도 안타까워. 하지만 너랑 상관없는 아이야."

율민의 부모는 내 말에 대꾸할 생각도 않고 녀석만 쳐다보고 있었다. 심지어 율민 엄마는 다시 칭찬스티커 북과 드론을 잡으며 녀석을 달래려고 애쓰고 있었다. 이진이 그렇게 된 건 안타깝지만 율민과 상관없다는 율민 엄마를 보면서 나는 율민이 한 말을 떠올렸다.

"엄마가 괜찮대. 모두 이해한다고 하면서 오히려 아빠를 원망하지 말래. 어떻게 그럴 수 있는 거지? 차라리 나 때문에 이혼하기 싫다고 한다면 이해라도 하겠어. 그런데 내 핑계는 대지도 않아."

율민 엄마의 반응은 정상적이지 않았다. 지금만 해도 그렇다. 지나치게 무심하고 냉정하다. 이진은 남편의 혼외자, 즉 남편이 자기를 배신한 상징과 같은 아이다. 살아 있지 않은 아이라고 해도 상관없을 수가 없었다.

"엄마 말 들어라. 어차피 네 인생에 아무런 영향도 없을 거야. 우리 가족과의 인연은 더욱 없을 테고."

서영재 박사의 말을 들은 녀석의 얼굴이 한순간에 굳었다. 녀석은 숨을 거칠게 내쉬더니 발악하는 목소리로 따져 물었다.

"내가 아들인데도 인연이 없다고? 내가 유령이야? 지금 눈앞에 있는 내가 한이진이라니까 왜 자꾸 무시해요?"

"그럼, 내 아들이지. 내 목숨보다 소중한 내 새끼지."

율민 엄마가 타이르듯 달랬다. 녀석은 더 악을 쓰며 빽빽 소리를 질렀다.

"아니라니까. 나는 이진이라고요. 가엾지 않아요? 미안하지 않아? 나도 당신 아들인데 불쌍하지 않아요? 설마 내가 이진이라서 무시하는 거예요?"

이진이 율민 엄마의 아들이라고? 아빠만 같은 것이 아니었나? 그럼 이진 엄마는? 나는 이진에게 지금 하는 말이 무슨 뜻인지 묻고 싶었다.

"대답해 봐요. 말해 보라고!"

녀석이 귀가 찢어질 듯 고함을 질렀다. 율민 엄마는 아무 말도 하지 않았다. 녀석은 침묵하는 율민의 부모를 보면서 분노가 더 치솟는 모양이었다. 이를 꽉 깨물고 눈을 부라렸다. 그러다 갑자기 드론을 머리 위로 올리더니 바닥으로 내리쳤다. 쾅 하는 소리와 함께 날개 부분이 분리되며 부서졌다. 그걸로 분이 풀리지 않는지 발로 드론을 마구 밟았다. 녀석은 칭찬스티커 북도 갈기갈기 찢어 버렸다.

"어떡하냐? 나를 데려가기가 힘들어졌겠는데."

녀석이 나를 보며 말했다. 그러고는 다시 고개를 돌려 소리를 질렀다.

"계속 나를 부정해 보세요. 서율민, 곧 죽을 거야. 이번에는 가슴을 치며 후회했으면 좋겠어."

서영재 박사의 얼굴이 하얗게 질렸다. 율민 엄마는 하얗다 못해 파랗게 변했다. 겁먹은 표정이었다. 이 정도 했다면 율민이 아니라는 걸 알 터였다. 그때였다.

"이진아!"

열린 현관문 밖에 이진 엄마가 서 있었다. 그런데 녀석은 자기 엄마를 보고도 외면했다. 이진 엄마가 녀석의 손을 잡아끌었다.

"가자."

"싫어요."

"한이진! 율민이가 죽으면 네 마음이 편하겠어?"

녀석이 자기 엄마를 노려보았다.

"이건 공평하지 않잖아. 나는 왜 '서이진'일 수 없는 건데? 왜 서율민은 처음부터 서율민이고, 나는 태어나자마자 왜 한이진이어야 하는 거냐고!"

울부짖는 녀석의 말에서 그동안의 방황과 서글픔이 느껴졌다. 율민에게 당연한 '서'율민이라는 이름이 녀석에게는 가질 수 없는 꿈이었으니…. 그 마음이 어렴풋이 짐작되었다.

"율민이가 죽으면 넌 살인자가 되는 거야. 지옥에서 엄청나게 고통받을 거야. 이쯤에서 멈춰. 너를 위해서라도 그래야 해."

"다 잊을 수 있을 거란다. 막상 저승에 가면 마음이 다 풀리게 되거든. 그러니 그만 율민이 몸에서 나오렴."

내 말에 이어 현관에 서 있던 미스터 점이 녀석을 달랬다. 서영재 박사는 떨리는 목소리로 그저 율민이 다치지 않게만 해 달라고 사정했다. 이젠 율민의 몸에 이진의 영혼이 들어갔다는 사실을 믿는 듯했다. 그런데 그 순간, 이진 엄마의 표정이 차갑게 식었다. 이진 엄마는 녀석을 잡았던 손을 풀고는 눈썹을 추켜세웠다. 곧이어 입술을 바르르 떨었다. 차마 말이 나오지 않는 듯 잠시 그렇게 서영재 박사를 노려보다가 얼음송곳처럼 날카롭고도 슬픈 목소리로 천천히 또박또박 말했다.

"이진아, 그냥 율민이로 살렴. 그리고 서영재 박사님, 당신은 정말 못된 아빠네요. 이진이가 아빠를 얼마나 그리워했는데, 끝까지 율민이만 생각하시네요. 사과 한마디가 그리 어려우세요? 율민이 몸에 붙어서라도 아빠와 함께 있고 싶어 하는 마음을 헤아려 줄 수는 없는 건가요? 난 말이죠, 이진이가 여기 있고 싶다고 하면 더는 말리지 않을 거예요. 가여운 내 새끼가 돌아온 것 같아 오히려 좋아요. 한 번씩 볼 수도 있잖아요."

녀석이 고개를 돌려 엄마를 바라보았다. 눈에 잔뜩 힘이 들어간 상태였다. 고인 눈물을 떨구지 않으려고 애쓰는 듯했다.

✦✦ 2부 ✦✦

율민, 두 사람만의 교감

이진 엄마가 녀석에게 그냥 여기서 살라고 말할 때쯤 율민의 의식이 돌아왔다. 아니, 정확히 말하면 의식만 돌아왔다고 볼 수 있었다. 의식은 한 몸에서 녀석과 공존하지만, 지금 몸의 주인은 녀석이었다. 이진이 보고 듣는 걸 율민이 모두 느끼긴 해도 자기 몸을 움직일 수는 없었다.

이진 엄마는 녀석과 함께 701호를 나와 택시에 올랐다. 택시는 아윤역을 지나 빌라들이 줄지어 선 동네로 들어가더니 그중 한 빌라 앞에 멈췄다. 녀석과 이진 엄마는 엘리베이터를 타고 4층으로 올라가 현관문을 열었다. 오래된 문틀의 삐걱거리는 소리가 고요한 밤을 가르며 울려 퍼졌다. 현관문이 삐익 소리를 내며 다시 닫혔다. 현관의 작은 신발장 위에 놓인 화분 하나가 눈에 들어왔다. 정성껏 가꾼 흔적이 역력했지만, 한여름 더위 탓인지 잎이 약간 시들어 보였다. 녀석은 신발을 벗고 실내로 들어가 거실 소파에 앉았다. 녀석의 눈을 통해 본 실내는 낡았지만 깔끔했고, 정돈된 상태였다.

살짝 열린 창문 틈으로 매미 소리와 희미한 자동차 소음이 들렸다. 시원한 밤바람도 들어왔다. 율민은 기분이 묘했다. 자신이 살던 아파트와는 크기도 분위기도 달랐다. 그래서일까. 바람마저 낯설게 느껴졌다. 그때, 부엌 전등이 켜졌다. 실내가 밝아져서인지 안개 같은 낯섦이 조금은 걷혔다. 세월의 흔적이 묻은 조리 도구와 그릇들 너머로 빛바랜 타일이 보였다. 이진 엄마가 말했다.

"저녁 안 먹었지? 라면이라도 먹을래?"

그러고 보니 저녁을 먹지 않았다. 영혼 분리식을 앞두고 긴장한 탓이었다. 녀석은 배고픔을 느낀 듯 고개를 끄덕였다. 이진 엄마는 부엌으로 가 냄비에 물을 붓고 가스 불을 켰다. 녀석은 익숙한 듯 소파에 길게 늘어져 앉았다. 율민은 녀석을 지켜보며 조금 전 일들을 곰곰이 되짚었다. 특히 녀석이 엄마에게 했던 '나도 당신 아들'이라는 말이 머릿속을 계속 맴돌았다. 무슨 뜻일까. 분명 엄마가 다르지 않나. 율민은 무슨 의도로 한 말이냐고 묻고 싶었지만 녀석에게 말을 전할 방법이 없었다.

"먹자."

라면 냄새가 폴폴 풍겼다. 대파를 썰어 넣은 라면이었다. 잘 익은 깍두기도 곁들여 놓였다.

"달걀은 싫어하니까 뺐어. 네가 좋아하는 콩나물은 없어서 패스. 괜찮지?"

녀석은 고개를 끄덕이며 식탁 의자에 앉아 젓가락질을 시작했다. 라면은 맛있었다. 대파의 단맛과 향이 일품이었다. 라면 그릇이 금세 바닥을 드러냈다. 이진 엄마가 즉석밥 하나를 데워 주자, 녀석은 국물에 밥을 말아 남김없이 싹싹 비웠다.

"역시! 엄마가 끓여 준 라면이 최고야!"

"너한테 뭐라도 먹여 보낼 수 있어서 다행이다."

이진 엄마는 빈 그릇을 집어 싱크대로 가져갔다. 물과 그릇이 부딪치는 소리가 공간을 메웠다. 녀석은 의자에 앉은 채 자기 엄마를 바라보았다.

"나 여기서 그냥 살까요?"

그릇을 치우던 이진 엄마가 동작을 멈추고 다가와 맞은편 의자에 앉았다. 이진 엄마는 물끄러미 녀석을 쳐다보다가 천천히 입을 열었다.

"율민이 몸에 계속 있을 거야? 라희라는 애 말로는 오래 그러긴 어려울 거 같던데."

"엄마도 내가 사라지면 좋겠어?"

녀석의 물음에 이진 엄마가 빙그레 미소를 지어 보였다. 눈에는 눈물이 가득 고여 있었다. 이진 엄마는 한참을 말없이 녀석만 바라보았다. 녀석도 가만히 눈을 맞췄다. 두 사람만이 나누는 교감 같았다. 무언가 율민의 마음을 툭 치고 지나갔다. 애써 미소 짓는 이진 엄마의 얼굴이 서글퍼 보였다.

"네 곁에 있을 수 있다면 뭐든지 하고 싶어. 지금 엄마는 껍데기만 남은 것 같아."

율민은 자기 일이 아닌데도 이진 엄마의 마음을 오롯이 느꼈다.

"거짓말. 나를 진짜 해외로 보내기 싫었다면 아빠에게 못 보내겠다고 끝까지 말했어야 했어요."

"오래전에 쓴 그 일기를 네가 봤다고 생각하니까 도저히 잠을 수가 없었어. 너 정말 엄마 일기장을 본 게 맞니?"

두 사람의 대화를 듣던 율민은 그들 사이에 아빠의 외도보다 더 큰 무언가가 있음을 감지했다. 이진 엄마는 '잠을 수가 없었다'고 했다. 외도를 통해 낳은 혼외자여도 자식은 자식이다. 자기 아들을 해외로 보내려는 것을 말리지 못할 이유가 없다.

게다가 일기장이라니. 율민은 그 일기장에 무슨 내용이 있는 건지 궁금해졌다. 그걸 알면 율민이 가진 의문이 풀릴 것 같았다.

"봤어요."

녀석의 대답에 이진 엄마가 한숨을 쉬며 말했다.

"빨리 태워 버릴걸. 너무 늦게 없애 버렸네. 힘들 때마다 위로가 되어서 못 버리고 있었던 건데…."

기대감은 금세 아쉬움으로 변했다. 일기장이 없어졌다는 것은 녀석과 율민 사이에 엉킨 실타래를 풀 단서가 없어졌다는 뜻이니까.

"이진아, 엄마는 널 사랑했어. 지금도 너무 사랑해."

이진 엄마의 진심은 잘 전달된 모양이었다. 녀석이 온순한 강아지처럼 살포시 고개를 끄덕이는 걸 보면 말이다.

"자야겠어요."

"그래, 얼른 자렴. 피곤할 거야. 내일 더 이야기하자."

이진 엄마는 곧 사라져야만 하는 아들인데도 붙잡지 않고, 마치 내일 아침에도 인사를 나눌 것처럼 자연스럽게 대답했다.

그러나 그 목소리는 흔들리고 있었다. 율민은 심장이 묵직해지는 것을 느꼈다. 녀석이 울컥해서인지, 율민 자신의 마음이 사무쳐서인지 알기 어려웠다.

녀석은 자기 엄마의 말에 대꾸하지 않았다. 대신 서둘러 방문 손잡이를 잡았다. 하지만 아예 평범한 일상인 것처럼 행동할 수는 없었던 모양이다. 녀석은 문을 열다 말고, 고개를 돌리지 않은 채 말했다.

"혹시 아침에 일어나서 내가 없더라도 서운해하지 말아요. 내가 깨기 전에 율민이가 먼저 눈을 떠 버리면 그냥 가게 될지도 모르니까."

"이진아, 아빠 집에 가고 싶으면 가도 돼. 아빠 사랑을 당당하게 요구해. 서영재 박사님이 너를 어떻게 생각하는지 모르지만 이렇게 된 마당에 뭘 두려워하겠니? 넌 그럴 권리가 있어."

녀석은 더 머뭇거리지 않고 방문을 열었다. 그 순간 이진 엄마가 이어 말했다.

"돈 때문에 너를 낳았지만, 너는 절대 누군가의 대용품은 아니었어. 그것만은 믿어 줘. 엄마의 진심이야."

문을 닫고서 녀석은 침대에 앉아 눈물을 흘렸다. 녀석의 감정이 고스란히 심장에 전달되어 마음이 아팠다. 하지만 그 감정을 뭐라 말로 설명하기는 어려웠다. 슬픔, 허탈, 체념, 절망… 한 단어로는 표현할 수 없는 감정이 혈관을 타고 온몸으로 흘렀다. 한편으로는 '돈'과 '대용품'이라는 말이 귀에 박혀서 머릿속을 어지럽혔다. 혼외자를 돈 받고 낳지는 않는다. 혼외자가 대용품이 될 수도 없다. 율민은 이 모든 것 뒤에 어떤 비밀이 있으리라 추측했다.

녀석은 무언가를 생각하는 듯 침대에 걸터앉은 채 한동안 가만히 있었다. 그러다 자리에서 일어나 창문을 열고 책상 스탠드를 켰다. 이진 엄마는 아직 아들의 방을 정리하지 않은 듯했다. 방 안 곳곳에 이진의 물건들이 그대로 놓여 있었기 때문이다. 녀석은 책상 서랍에서 두꺼운 책 한 권을 꺼내 가슴에 품더니, 침대 밑으로 허리를 굽혀 상자를 끄집어냈다. 겨울옷을 수납한 상자였다. 녀석은 그 두꺼운 책을 겨울옷 사이에 숨겼다. 언뜻 '서영재'라는 글자가 보인 듯했다. 잘못 본 걸까. 만약 아빠가 쓴 책이라면 왜 숨기는 걸까. 녀석은 수납 상자를 침대 밑으로 다시 밀어 넣고 책상 의자에 앉아 메모지를 꺼냈다.

엄마,

한 달 정도는 내 방을 그대로 뒀으면 좋겠어요.

오고 싶을지도 모르니까요.

그때 내 물건이 치워져 있으면 슬플 것 같아요.

메모를 다 쓴 후 녀석은 자기 방을 한번 쓱 둘러보았다. 창문으로 바람이 솔솔 불어왔다.

✦ 헷갈림

곧 9월인데도 열대야로 더웠다. 에어컨을 최대로 틀고 누웠지만 밤새 뒤척였다. 어제 녀석은 이진 엄마 손에 이끌려 나갔다. 설마 일이 잘못되지는 않겠지…. 꼬리에 꼬리를 무는 생각이 아침까지 이어졌다. 날이 밝자 나는 벌떡 일어나 등교를 준비했다. 개학 전에 모든 걸 마치려고 영혼 분리식을 개학 전날로 잡았던 탓에 오늘은 학교에 가야 했다. 율민은 학교에 오려나. 어젯밤 사건으로 인한 긴장감이 나를 덮쳤다. 인간이라서 느낄 수 있는 신체 반응이 그다지 달갑지 않았다.

"다녀올게."

세 위에게 인사를 하고는 가방을 챙겨 현관문을 나섰다. 눈앞에 서영재 박사가 서 있었다. 나를 기다린 듯했다. 푸석한 얼굴, 충혈된 눈동자, 깎지 않은 수염에서 어젯밤의 고단함을 짐작할 수 있었다.

"안녕하세요."

"어? 어."

나는 엘리베이터 버튼을 눌렀다. 꼭대기 층에 멈춰 있던 엘리베이터가 서서히 내려오기 시작했다. 율민이 들어왔는지 물어봐도 되려나. 어려운 질문도 아닌데 말을 꺼내기가 어려웠다. 아무렇지 않게 질문하는 것도 어째 이상했고, 그렇다고 걱정스러운 표정으로 묻자니 그 또한 과했다. 휴대전화를 보는 척하면서 잠깐 고민하는데, 가방을 든 서영재 박사의 손이 시야에 들어왔다. 가방 끈을 얼마나 세게 쥔 건지 손등에 핏줄이 튀어나와 있었다. 그때 서영재 박사가 먼저 말을 걸었다.

"얘기 좀 할 수 있을까?"

나는 고개를 들어 서영재 박사를 쳐다보고는 작게 끄덕였다. 서영재 박사는 따라오라는 듯 천천히, 하지만 한 번도 내 쪽을 돌아보지 않고 아파트 단지 안 공원으로 향했다. 아침이라서 그런지 공원에 사람이 없었다. 걸음을 멈춘 서영재 박사는 벤치에 앉았다. 나는 옆자리에 조금 떨어져 앉으며 물었다.

"율민이 어제 안 들어왔어요?"

"안 들어왔다. 율민이 몸속에 이진이가 들어가 있다니 난 아직도 믿기 어렵구나. 솔직히 화장장에서 네가 율민이를 기절시켰을 때는 너를 미친 아이라고만 여겼어."

그러고 보니 화장장에서 쓰러진 율민을 구급차에 태울 때, 서영재 박사는 나를 노려보며 율민 곁에 얼씬도 하지 말라고 경고했었다.

"굿을 하면 걔가 몸에서 나가기는 하니?"

서영재 박사는 동요를 감추려는 듯 천천히 말했다. 그러나 허공으로 퍼져 나간 목소리는 물결치듯 떨리고 있었다.

"굿으로 끝날 일이었으면 제가 여기 오지 않았죠."

"일부러 이곳에 이사를 왔다는 말로 들리는구나."

믿어 주지 않을 말을 또 해야 하나. 그러나 달리 나를 표현할 방법도 없었다.

"빙의의 조건은 여러 가지예요. 그중 하나가 미워하는 사람을 향해 원망을 품어 그 대상의 몸으로 들어가는 거예요. 아니면 죽은 자의 영혼과 산 자의 영혼이 주파수가 맞는 것일 수도 있어요. 이 경우에는 죽은 자에 대한 산 자의 그리움이 강력해야 해요. 아저씨가 보기에 걔들은 어디에 해당하는 거 같으세요?"

"글쎄다."

"원망이라면 이진이가 율민이에 대해 알고 있었다는 말이고, 영혼 주파수가 맞는 거라면 아저씨나 율민이가 이진이를 그리워했다는 뜻이에요. 아니면 이진이 어머니가 아들을 그리워하다 보니 이진이를 불러낸 것일 수도 있고요. 그런데 아저씨."

나는 서영재 박사를 똑바로 보았다. 내내 떨치지 못한 궁금증을 풀어야 했다. 그걸 알아야 이진의 마음을 돌리고 새로운 저장 장치를 구해 이진의 영혼을 안전하게 담을 수 있었다. 내가 입을 열었다.

"둘이 이복형제인 거 말고 다른 숨겨진 무언가가 있나요? 이진이가 자기 이름이 사명부에 없는 이유를 아저씨가 알 거라고 말했잖아요. 그건 인간이 알 수 있는 일이 아니거든요."

서영재 박사는 눈을 크게 뜨더니 빠르게 깜빡거렸다. 그러고는 손바닥으로 자기 뺨을 거칠게 문질렀다. 얼굴이 불그스레해졌고 귓불도 붉어졌다. 나는 그러한 행동을 하는 서영재 박사의 마음을 읽어 보려고 남은 염력을 모았다. 그러나 읽을 수가 없었다. 서영재 박사의 머릿속은 깜깜했다. 생각이 어둠에 갇힌 듯 꼼짝하지 않고 멈춰 있었다. 생각의 침묵 상태라고나 할까.

"내가 무얼 하면 되겠니?"

서영재 박사는 내 질문을 피했다. 꼬치꼬치 캐묻고 싶었지만 참았다. 지금은 서영재 박사도 혼란스러울 테니까. 내가 대답했다.

"이진이를 달래 주셔야 해요. 어제 보니 아저씨에게 화가 많이 나 있는 거 같더라고요. 이진이 마음을 어떻게든 풀어야만 저승으로 데려갈 수 있어요."

서영재 박사는 입을 꽉 다문 채 가만히 있었다. 침묵이 이어졌다. 나도 섣불리 말을 꺼내기가 어려웠다. 영혼 분리식 실패도 실패지만, 어제 느꼈던 이진의 에너지 파장은 아주 강렬했다. 타인의 육신에 빙의한 영혼이 그리 힘이 셀 리 없었다. 분노의 힘인가? 아빠가 자기를 버린 것에 대한 원망이 폭발하기라도 한 걸까? 나는 사람들이 분주하게 움직이는 모습을 보며 서영재 박사의 말을 기다렸다. 정적을 깬 건 휴대전화 진동이었다. 서영재 박사가 전화를 받았다.

"서류를 챙기긴 했는데, 확인 한번 해 보겠습니다. 잠시만요."

서영재 박사는 고개를 기울여 볼과 어깨 사이에 휴대전화를 고정한 채 가방을 뒤적였다. 가방 안에는 종이 뭉치와 책들, 그리고 무슨 연구학회의 팸플릿이 있었다.

"있어요. 이따 학회 행사장에서 드리겠습니다."

전화를 끊은 서영재 박사가 가방을 닫으며 일어섰다. 그리고 나를 보며 말했다.

"그만 출근해야겠다. 너도 학교에 가야지."

"그래야죠."

나도 자리에서 일어났다. 서영재 박사가 내 말을 따라 줄지는 알 수 없었다. 그래도 쐐기를 박을 필요는 있었다. 돌아서서 아파트 주차장으로 가는 서영재 박사를 향해 말했다.

"시간을 끌면 율민이가 위험해요. 죽을 수도 있어요."

서영재 박사가 걸음을 멈췄다. 그러나 뒤를 돌아보지는 않았다. 잠시 그렇게 서 있더니 이내 주차장을 향해 걸어갔다.

"율민이는 어디 아픈 거야? 전화도 안 받네."

준석의 물음에 나는 어깨를 으쓱하며 딴청을 피웠다. 아무리

옆집에 산다고 해도 모르는 게 더 자연스러웠다. 우리가 사귀는 사이도 아니고…. 앗, 내가 미쳤나 보다. 쓸데없는 가정이나 하고.

"겨우 하루 가지고…. 뭔 사정이 있나 보지."

"어린이집부터 같이 다닌 사이야. 한 번도 결석한 적 없었어. 그리고 오늘은 개학 날이잖아."

준석이 계속 이상하다며 종알댔지만, 나는 모르는 척했다.

"참, 지난번 병원에 입원했을 때 율민이가 좀 특이한 소리를 하던데."

화장장에서 쓰러진 율민이 정밀 검사를 받기 위해 입원한 때를 말하는 것 같았다. 내가 물었다.

"무슨 말을 했는데?"

"자기가 자기 같지 않더라도 이해해 달라고 하더라. 비뚤어질 수도 있다고 하길래, 드디어 철이 들었다고 칭찬해 줬어. 걔가 아직 초딩에서 못 벗어났거든. 일단 어른들 말을 너무 잘 들어. 솔직히 반항하는 과정을 거쳐야 어른이 되는 거잖아. 이때 아니면 언제 반항하냐? 어른이 돼서 반항하면 사회 부적응자나 되지, 안 그래? 그래서 원래 부모 말 안 듣는 게 청소년의 권리라고 응원도 해 줬는데…. 왠지 그 말이 걸리네."

율민은 자기 몸을 이진에게 뺏길 경우를 나름대로 준비한 것 같았다. 나는 시치미를 뗐다.

"반항을 사전 예고하고 하는 건가? 서율민, 내가 생각한 것과 다른 면이 있네. 그런데 그걸 왜 내게 말해 주는 거야?"

"행운의 여신이잖아. 나만 그렇게 부르긴 했지만, 율민이도 딱히 부정하지 않던데. 병원에서는 네가 진짜 행운의 여신인 거 같다는 말도 했어."

심장이 쿵 내려앉았다. 전학을 온 다음 날, 준석이 내게 "네가 행운의 여신이야? 율민이 말한 인상과 비슷해서."라고 말한 적이 있었다. 그때는 그 말을 듣고 기분이 좋았다. 그러나 지금은 아니었다. 행운의 여신이라고 하기에는 일이 제대로 꼬인 상태였다. 머릿속이 어지러웠다.

"행운의 여신? 놀고들 있네. 겨우 하루 결석한 걸 가지고 안절부절못하는 너, 그 말에 하나하나 대답해 주는 염라희나. 하기는 똑같으니까 친구로 지내는 건가? 그런데 좀 너무하네. 방학 동안 내 톡은 다 씹었으면서."

박빛나였다. 미간이 저절로 구겨졌다. 율민을 신경 쓰느라 빛나는 아예 안중에 없었다.

"라희야, 방학 동안 재미있었니?"

빛나는 안부를 묻는 게 아니었다. 이글거리면서 날 째려보는 눈이 그 증거였다.

"재미는 없었고, 좀 바빴어. 누굴 찾아다니느라…."

"됐고. 염라희, 잠깐 나와 볼래?"

빛나는 내 존재를 탐탁지 않아 했다. 내가 손만 들어도 눈을 치켜뜨고 살피고, 일어나기만 해도 어딜 가는지 따라오며 지켜보았다. 때로는 급식실에서 내 배식판을 치고 가거나 피구를 하면 나만 집중적으로 공격하는 등 나를 골탕 먹이려 하기도 했다.

처음에는 전학생인 내 기를 죽이려고 그런다고 여겼다. 하지만 율민을 몰래 보는 빛나의 시선을 여러 번 확인하고는 알았다. 투덜대긴 해도 율민은 늘 나와 함께 다녔으니까. 빛나로서는 내가 곱게 보일 리 없었다. 그러나 내가 누구인가. 구천소생촌에서 스스로를 구원할 영혼이며, 차기 염라대왕이 될 몸이다. 아무리 박빛나가 교실을 휘어잡아도 고작 열여섯 여자아이의 깜찍함으로 보이는 건 당연했다. 그래도 시끄러워지는 건 피곤하니 순순히 빛나를 따라나섰다.

밖으로 나오자 빛나가 고개를 획 돌리며 앙칼진 목소리로 물었다.

"내 제안을 씹은 건, 거절한다는 거지?"

무슨 제안을 했더라…. 기억이 나지 않았다. 머리를 굴리고 또 굴리자 그제야 빛나가 보낸 톡이 떠올랐다. 자기 무리에 들어오라고 했었다. 고민할 가치가 없는 제안이라 당연히 답장도 하지 않았다.

"차라리 네가 내 비서 차사를 하겠다면 모를까 차기 염라대왕에게 시녀를 하라고? 게다가 난 떼로 몰려다니는 거 별로야."

박빛나는 우리 반에서 여왕벌이라 불렸다. 빛나 무리에 든다는 것은 그 시녀들 중 한 명이 된다는 뜻이었다. 내 심드렁한 대답에 바짝 약이 올랐는지 빛나의 언성이 꽤 높아졌다.

"허! 아직도 염라대왕 놀이냐? 그래, 그건 그렇다 치자. 그런데 오늘은 다른 건이야. 우리 휴전 협정을 하는 게 어때?"

나는 고개를 갸웃했다. 전쟁을 치른 것도 아닌데 휴전 협정이라니. 하다못해 서로 머리채 잡고 싸우기라도 했어야 휴전 협정이라는 말이 어울릴 것 같았다. 그래도 일단은 들어 보자는 마음이었다.

"계속해 봐."

"답을 하지 않은 걸 보면 우리 무리에 들어올 생각은 없는 거 같고. 그래서 말인데, 나도 널 건드리지 않을 테니까 너도 내가 뭘 하든 관여하지 마. 우리 서로 노 터치. 오케이?"

"내가 거절하면?"

"그럴 수 없을걸. 율민이가 너보고 자기 스토커라고 그랬거든. 지난번에 병문안을 오라더니 준석이가 화장실 간 사이에 나한테 그 말을 하더라. 귀찮아 죽겠다면서 말이야. 어때? 학교에 스토커라고 소문나도 괜찮겠어? 협정만 맺으면 입 다물고 있을 테니까 너도 나 건들지 마."

나는 놀랐다. 분명 그날 준석과 대화를 나눈 사람은 율민이었다. 하지만 빛나에게 말을 건넨 사람은 율민이 아니었다. 이걸 어떻게 해석해야 하는 걸까? 율민의 의식과 이진의 영혼이 빙의 직후부터 왔다 갔다 했다는 건가? 심지어 그게 녀석 마음대로 전환이 가능한 걸까? 도무지 뭐가 어떻게 된 것인지 알 수가 없었다. 그러나 일단 꼬인 실타래를 푸는 건 뒤로 미루기로 했다. 내 눈앞에 서 있는 빛나의 의지를 꺾어 놓는 게 먼저였다.

"협상 결렬. 소문은 상관없으니 네 마음대로 해. 그리고 빛나야, 공부 좀 하자. 협상은 거래할 게 있는 사람끼리 하는 거야."

빛나가 눈싸움이라도 할 기세로 나를 뚫어지게 보았다. 나는 다시 한번 쐐기를 박기로 했다.

"난 사람이 아니라 곧 염라대왕이 될 존재거든. 그리고 넌 여왕벌이고. 무슨 말인지 알겠어?"

"알아듣게 말해!"

빛나가 소리를 질렀다. 솔직히 입이 아팠지만, 염라대왕은 인간이 성질을 부려도 너그러이 봐줘야 한다고 배웠다. 나는 그걸 잊지 않았다.

"여왕벌은 곤충이잖아. 염라대왕은 임기제이긴 하지만 저승의 최고 관리자고. 어떻게 보면 회장이라고도 할 수 있지. 이제 알아듣겠어? 곤충과 저승 회장이 거래라니. 네가 생각해도 어이없지?"

빛나는 말문이 막힌 모양이었다. 허! 소리를 내면서도 나를 쩨려보는 걸 멈추지 않았다. 얼굴에 독기가 가득했다.

잠시 뒤 빛나가 물었다.

"염라희, 똑바로 대답해. 너 율민이 좋아해서 이러는 거야?"

나는 대답하지 않았다. 염라대왕이 썸을 타는 건 가당치도 않은 일이니까. 이루어지지 않는 사랑 따위의 스토리도 진부했다. 그런 생각을 하는데, 때마침 휴대전화가 울렸다. 율민이었다.

"여보세요? 율민아, 어디야?"

일부러 율민의 이름을 크게 부르며 자리를 피했다. 발을 구르는 소리가 들렸다. 내 등 뒤에서 분통을 터트리는 빛나의 모습이 눈에 선했다. 나는 괜히 어깨를 으쓱해 보였다. 피식 웃음이 나왔다.

수업이 끝나자마자 율민이 기다리는 호수공원으로 뛰어갔다. 율민은 그늘에 앉아서 호수 건너편 대나무 숲을 멍하니 바라보고 있었다.

"괜찮아?"

내가 옆에 앉자 율민이 나를 보았다. 말할 수 없는 깊은 마음이 담긴 표정이었다. 율민의 시선이 다시 앞을 향했다.

"괜찮지 않아. 뭐가 뭔지 하나도 모르겠어."

"헷갈릴 거 없어. 이진이는 네 이복형제야. 자기 몸으로 돌아갈 수 없으니까, 원망을 품고 네게 들어온 거겠지."

"정말 그것뿐일까?"

율민의 물음에 나는 선뜻 그게 전부라고 대답하지 못했다. 가만히 호수만 보던 율민은 옆에 놓인 가방을 열더니 드론을 꺼내 바닥에 놓았다. 그런 다음 조이스틱을 조작해 공중으로 드론을 띄웠다.

"내 꿈이 파일럿이었거든. 어릴 때는 자주 날렸어. 틈만 나면 드론을 가지고 나가니까 언젠가부터는 아빠가 못마땅하게 보더라."

율민이 자기 얘기를 먼저 꺼낸 건 처음이었다. 무덤덤한 목소리에 다양한 감정이 섞여 있었다.

율민이 조이스틱의 레버를 앞쪽으로 밀었다. 그러자 드론이 빽빽한 대나무 숲 근처로 날아갔다. 율민은 드론을 더 깊숙한 숲속으로 들여보냈다.

"나무에 걸릴 텐데."

율민의 대답은 없었다. 잠시 뒤 율민은 조이스틱 레버를 몸쪽으로 당겼다. 하지만 아무리 당겨도 드론은 나타나지 않았다.

"찾아봐야 하는 거 아니야?"

"그냥 가자."

율민이 조이스틱을 손에 쥔 채 가방을 들었다.

"이래야 공평할 거 같아서."

무슨 마음으로 하는 말일까. 자기 아버지의 외도를 모르는 게 나았을 거라면서 이복형제를 원망하던 율민이 보일 행동은 아니었다. 어젯밤 이진의 집에서 무슨 일이 있었음이 틀림없다. 나는 율민의 옆에 바짝 붙어서 물었다.

"이진이네 집에서 무슨 일 있었어?"

"걔 엄마가 끓여 준 라면 먹고 그냥 잤어. 녀석이 내 몸을 차지한 탓에 아무것도 할 수 없었거든. 그 아줌마도 자기 아들을 보는 눈빛이었고."

율민은 잠시 생각에 잠긴 듯 머뭇거렸다.

"그런데… 이진이가 자기 엄마 일기장을 봤대. 그래서 이진 엄마가 유학 가겠다는 이진이를 말리지 못했다고 하더라고."

"일기장? 거기 적힌 내용이 뭔데?"

"그야 나도 모르지. 태워 버렸다고 해서 알아내야겠다는 생각조차 안 했어."

머리가 복잡해졌다. 일기에 어떤 내용이 적혀 있었던 걸까. 궁금한 마음에 율민을 재촉했다.

"또 뭐 더 없어?"

"음, 걔 엄마가 이진이에게 이상한 말을 하긴 했어. '돈 때문에 너를 낳았지만, 너는 절대 누구의 대용품은 아니었다'고 했거든. 이게 무슨 말일까?"

돈 때문에 이진을 낳았다니. 그럼 이진 엄마가 율민 부모의 대리모였던 걸까. 하지만 율민 부모에게는 이미 율민이라는 아들이 있었다. 상황이 또 묘하게 어그러졌다. 머릿속이 잿더미로 가득 찬 느낌이다. 분별할 수 없는 무언가가 잿더미 아래 숨겨진 듯했다. 잿더미를 빨리 치워야 했다.

"그런데 걔 영혼이 올라오니까 나는 꼼짝도 못 하겠더라. 어제 나는 한이진이었어. 몸을 공유한다고나 할까. 몸으로 감정을 느껴서인지 감정도 공유가 되더라고. 이진이가 미운데 걔가 내 몸을 통해 직접적으로 감정을 드러내니까 더 힘들었어."

"원래 빙의하면 그래."

"문제는 녀석의 마음에 공감을 한다는 거야. 무슨 마음인지도 모르겠지만 그렇게 되어 버렸어. 설명하긴 어려운데, 여하튼 좀 이상해."

"그래서 측은해?"

"안됐다는 생각은 들어. 그렇다고 내 몸에 들어온 걸 용서하는 건 아니야. 내가 아니라 아빠와의 문제잖아. 아빠를 괴롭히려고 나를 볼모로 잡는 것 같아서 마음에 안 들어."

맞는 말이지만 냉정하게 들렸다. 한편으로는 다행이었다. 이진을 위로한답시고 슬픔에 오래 잠겨 있으면 난감할 테니까.

"잠깐만. 우리 도넛 먹고 가자."

율민은 어이없다는 표정을 지었다. 그러나 이럴 때일수록 잘 먹어야 한다는 게 나의 지론이었다. 물론 내 경우에는 먹는 음식이 체력으로 이어지지 않지만, 내게는 염라대왕에게 약속을 받아 낼 만큼 중요한 일이었다. 고단하고 위험한 일을 하는 내게 주는 보상이랄까, 아니면 선물이랄까. 어쨌든 이승에서 꼭 해야만 하는 일 중 하나였다. 그렇다고 해서 이게 꼭 나만을 위한 일은 아니었다. 지금까지 벌어진 일들을 정리하려면 율민도 당과 탄수화물이 필요했다. 머리를 쓰는 데 당과 탄수화물 섭취는 필수니까. 나는 주문한 도넛과 음료수를 받아 들고 자리에 앉았다. 그리고 흘러내릴 정도로 초콜릿이 잔뜩 묻은 도넛을 율민에게 내밀었다.

"먹어. 단것을 먹으면 기분이 풀릴 거야. 그리고 걱정하지 마. 내가 반드시 사명부에 기록된 수명까지 살 수 있도록 영혼을 분리해 줄게."

"그게 무슨 말이야? 걔가 몸에서 안 나가면 나 죽어?"

아차차. 동지가 될 때까지 이 일을 해결하지 못하면 영혼 합일 현상이 일어난다는 걸 말하지 않았다. 말하면 놀랄 텐데…. 일단 나는 도넛 하나를 집어 한입 베어 물었다. 블루베리 잼의 달콤함이 입안을 가득 채웠다. 이제 어떤 말도 달콤하게 할 수 있을 것만 같았다.

"동짓날까지 해결하지 못하면 이진이와 너는 하나의 영혼이 돼. 그때 마구니라고 불리는 무시무시한 게 나타나 너희들 영혼을 싹 먹어 버릴 수도 있고."

"뭐? 너 어떻게 그런 말을 태평하게 할 수 있어?"

율민의 목소리가 사나웠다. 드론을 날릴 때의 태도와 달랐다.

나는 남은 도넛을 입에 넣고 말했다.

"화내지 마. 이 일을 해결하지 못하면 나도 염라대왕이 될 수 없어. 그리고…."

목이 메었다. 음료수를 단숨에 들이켜 도넛을 삼켜 버리고는 계속 말을 이었다.

"흔적도 없이 사라져. 물방울이 되어 그냥 공기로 흡수되고 만다고. 네 문제는 내 문제이기도 하다는 말이야. 내가 이 우주에 존재하느냐 마느냐 하는 중차대한 일이라는 거지."

율민이 나를 빤히 쳐다보았다. 어쩐지 어색하게 느껴져서 자리에서 벌떡 일어났다.

"늦었다. 어서 집에 가자."

집까지 가는 동안 나와 율민은 말없이 걷기만 했다. 걷다 보니 어느새 집 앞에 다다랐다. 고민 끝에, 현관문을 여는 율민을 불러 세웠다.

"잠깐만. 서율민, 나 좀 봐."

오늘 율민을 만났을 때부터 확인하고 싶은 게 있었다. 녀석이 자유자재로 율민의 의식을 움직이는 게 가능한지를 알아야 했다.

집으로 들어가려던 율민이 나를 돌아봤다.

"응? 무슨 일인데…?"

나는 율민의 눈을 똑바로 쳐다보며 물었다.

"한이진! 듣고 있지? 어떻게 하면 서율민 몸에서 나올 거야?"
"너 지금 뭐 하는 거야?"
"몸을 공유한다며. 녀석도 다 알아들을 거야."

순간 율민의 눈빛이 바뀌었다. 아니, 이미 율민이 아니었다. 녀석은 나를 가만히 바라보았다. 눈매가 길게 늘어지고 입꼬리가 미세하게 올라가더니 광대가 서서히 솟아올랐다. 녀석은 웃음을 터뜨리고는 한참을 킥킥거렸다. 그러다 웃음기를 애써 지우고 심드렁한 척 대답했다.

"나는 목숨을 걸었잖아. 나를 막으려면 최소한 가장 소중한 걸 걸어야지. 아빠도, 염라희 너도. 그러지 못하겠다면 우리 모두 사라져야 공평하지 않겠어? 너까지 함께 사라지는 건 생각지 못했는데, 꽤 재미있겠네. 아빠도 괴로울 거야. 죽고 싶겠지. 그거면 됐어."

✦ 감춰진 비밀을 찾아서

그 후로도 녀석은 종종 율민 대신 모습을 드러냈다. 그리고 며칠이 지나자 아예 율민인 것처럼 행세하기 시작했다. 이진의 영혼에 가려 꼼짝도 못 할 율민을 생각하니 가슴이 조여 오는 것 같았다.

문제는 또 있었다. 이번에는 녀석이 작정하고 율민을 망치려 한다는 점이었다. 녀석의 의도대로 율민의 학교생활은 엉망이 됐다. 수업에 빠지기 일쑤였고, 수업에 들어오더라도 엎드려 있기만 했다. 학교 밖에서는 질 나쁜 아이들과 어울리며 밤늦도록 돌아다녔다. 그 덕분에 나까지 덩달아 바빠졌다. 녀석에게 한시도 시선을 뗄 수 없을 정도였다. 녀석이 친 사고를 수습하느라 남자 화장실까지 쫓아갈 뻔한 적도 있었다.

"얘기 좀 해."

"난 할 말이 없는데."

"잠깐이면 돼."

"귀찮다니깐. 그리고 그만 좀 쫓아다녀."

녀석은 가방을 챙겨 교실 밖으로 나갔다. 나도 얼른 뒤를 따라갔다. 녀석은 학교 주변 으슥한 골목으로 접어들었다. 골목 안에서 기다렸다는 듯 녀석을 반겨 맞은 건… 박빛나였다. 순간 내 눈이 휘둥그레졌다. 빛나는 저만치 떨어져 있던 나를 힐긋 보더니 녀석 가까이 다가가 자연스럽게 팔짱을 꼈다.

"거기 서 봐."

내 말에 두 사람이 걸음을 멈추었다. 나는 그들 앞으로 바짝 다가가 물었다.

"너희 언제부터? 설마…?"

"그 설마가 맞을걸. 우리 사귀거든."

빛나가 나를 보고 혀를 쏙 내밀었다. 속이 뒤집혔다. 물론 율민이 누구를 사귀든 상관할 바 아니었다. 다만 내 임무에는 율민을 지키는 것도 포함되어 있다. 그런데 지금 이 행동은 진짜 율민의 행동이 아니지 않은가. 이렇게 녀석이 멋대로 굴게 놔둘 수 없었다. 정말 그뿐이었다. 나는 다짜고짜 다그쳤다.

"너 박빛나랑 사귀는 거 왜 말 안 했어?"

녀석 대신 옆에 있던 빛나가 발끈하며 따져 물었다.

"무슨 참견이야? 두 사람 사귄 적도 없다며. 누가 보면 내가 네 남친 뺏은 줄 알겠다."

'남친'이라는 단어가 거슬렸다. 그렇게 말하니 진짜로 뺏긴 기분이 들었다. 왜일까. 이상하게 질투가 나고 마음이 불편했다. 아무래도 이승 물이 든 모양이다. 빛나가 승리의 미소를 띠며 말했다.

"그러니까 내가 친구 하자고 손 내밀 때 순순히 응했으면 좋았잖아. 나, 이래 봬도 친구가 좋아하는 남자는 건드리지 않는다고. 율민아, 우리 가자."

녀석은 내게 눈길조차 주지 않고 등을 돌렸다. 저승에서 온갖 영혼들이 구천소생촌 출신이라고 얕잡아 볼 때도 꿀리지 않던 내가, 겨우 영혼 하나를 당해 내지 못해 쩔쩔매는 꼴이라니…. 답답하기만 했다. 빛나의 깜찍함은 넘어갈 수 있지만, 날 무시하는 녀석의 태도는 참을 수 없었다.

"정말 이대로 갈 거야?"

내가 할 수 있는 말이라곤 이것밖에 없어서 속이 더 뒤집혔다. 녀석은 대답할 생각은 않고 생글생글 웃기만 했다. 나는 어쩔 수 없이 빛나를 보며 경고했다.

"너, 율민이를 좋아하는가 본데 포기하는 게 좋을걸. 율민이는 나 아니면 안 돼. 이해하기 어렵겠지만, 지금 순순히 물러서는 편이 나아. 계속 율민이를 끌고 다니면 나중에 괴로울 거야. 차기 염라대왕 직을 걸고 맹세할게. 왜냐하면 율민이는 내가 관리해야만 하는 영혼이거든."

"어휴. 그 염라대왕 소리 지겨워. 서율민, 지금이 기회야. 너, 라희가 싫어졌다고 했었지? 그 말 지금 라희에게 해. 그래야 재가 포기하지."

기분이 몹시 안 좋았다. 마치 헤어진 남자 친구에게 매달리는 모양새였다. 차기 염라대왕의 체면이 말이 아니었다. 녀석은 내게 얼굴을 들이밀며 말했다.

"대용품과 사명부. 이 정도면 알아들었겠지? 아! 맞다. 일기장도 있었지. 궁금해서 미칠 거야. 한번 미쳐 볼래? 염라대왕 후계자가 미치는 것도 재밌겠다."

녀석은 대놓고 비아냥거렸다. 나는 녀석이 일부러 나를 자극하고 있다는 걸 눈치챘다.

"무슨 말인지 모르겠으면 그냥 꺼져. 짜증 나니까."

그 말을 끝으로 녀석은 박빛나와 함께 유유히 사라져 버렸다. 기가 막혔다. 나 염라희가, 곧 염라대왕이 될 내가… 고작 열여섯 살 아이들이랑 지금 뭘 하는 거지. 허 하는 소리가 저절로 나왔다.

나는 두 사람이 떠난 골목을 한동안 바라보며 입술을 깨물었다. 비릿한 피 맛이 입안에 퍼졌다. 더는 녀석에게 끌려다닐 수 없었다. 어떻게든 멈추어야 했다. 어떻게든 저승으로 데려가야 했다. 그러기 위해 필요한 것은 저장 장치였다. 새로운 저장 장치 말이다. 일단 이진에 대해 더 알아보는 것부터 시작해야겠다는 생각이 들었다. 쉽지는 않겠지만 분명 저장 장치로 쓸 만한 물건을 발견할 수 있을 터였다. 아니 발견해 내야만 했다. 그것이 지금 내가 할 수 있는 최선이었다.

"여기가 아닌가?"

주변을 두리번거리다 결국 전화를 걸었다. 신호음이 들리자마자 눈앞의 다세대 건물에서 누군가 나왔다. 가영이었다.

"헷갈리지 않았어?"

"헷갈려도 찾아와야지."

활짝 웃으며 대답하고는 가영을 따라 건물 안으로 들어갔다. 어둑한 계단을 내려가 현관문을 열자 희미하게 퀴퀴한 냄새가 났다. 그래도 창문 틈으로 비껴드는 햇살이 집 안을 밝혀 주고 있었다. 둘러보니 정리정돈이 잘되어 있고 깨끗했다.

"길고양이들에게 구충제를 주려고 특별식을 만들고 있었어."

며칠 전 나는 가영에게 연락했다. 직접적으로 이진에 대해 물어볼 게 있다고 하면 거부 반응을 보일까 봐 갑자기 고양이들이 보고 싶다고 말했다. 그러자 가영은 흔쾌히 자기 집에 오라고 했다. 할 일이 있다면서 말이다. 그게 길고양이에게 줄 특별식을 만드는 일이었던 모양이다. 나는 식탁 의자에 앉으며 물었다.

"나는 뭐 하면 돼?"

"이거 좀 빻아 줘. 이게 마지막이야. 다음부터는 가루약으로 사려고."

가영이 구충제 몇 알과 절구를 내밀었다. 나는 구충제를 절구에 넣은 다음 절굿공이로 두드렸다. 쿵쿵쿵쿵. 빻을수록 여러 조각으로 나뉘다 점점 가루로 변했다. 나는 가영의 눈치를 살폈다.

'이진에 관해 물어봐야 하는데….'

그러나 생각만 할 뿐 선뜻 입이 떨어지지 않았다.

우리는 그렇게 한참을 분주히 움직였다. 내가 구충제를 빻으면 가영이 그 가루를 고양이 참치 캔에 섞었다. 제법 손이 잘 맞았다. 어느 정도 준비를 마칠 즈음 가영이 내게 말을 걸었다.

"아 참, 아무것도 안 줬네. 요구르트라도 줄까?"

"빨리도 묻는다. 아무거나 달달한 걸로."

가영이 요구르트와 빨대를 내밀었다. 나는 빨대를 콕 꽂아서 요구르트를 빨았다. 벌써 완연한 가을로 접어들었지만 아직 시원한 음료수가 더 좋았다. 달콤한 맛이 입안을 맴돌았다. 나는 요구르트를 한 번에 쭉 다 마셨다.

"에너지도 채웠으니 가 볼까?"

가영은 고양이 사료를 챙겨 넣은 가방을 들고 말했다. 나와서 함께 걷는 동안 가영은 말이 없었다. 나는 잠자코 가영의 뒤를 따랐다. 익숙한 도서관 앞에 도착했을 때, 내가 입을 열었다.

"내가 먼저 연락한 이유가 궁금하지 않아?"

"고양이들이 보고 싶었던 거 아니었어?"

"그렇긴 한데…."

내가 말을 얼버무리자 가영이 나를 보며 생긋 웃었다. 그러고는 고개를 돌려 가방에서 사료를 꺼내며 말을 이었다.

"라희야, 이진이 일 때문이 아니라면 우리가 만날 일은 없겠지?"

"…어?"

멈칫했다. 가영은 내가 왜 연락했는지 눈치를 챈 듯했다. 가영을 이용한 것 같아 미안한 마음이 들었다.

"내가 이진이와 어떻게 친구가 됐는지 이야기해 준 적이 있었나?"

내가 고개를 가로젓자, 가영이 배시시 웃으며 들뜬 목소리로 말하기 시작했다. 나는 실외기 옆에 놓인 그릇에 사료를 채워 넣으며 가영의 말에 귀를 기울였다. 가까이서 야옹 소리가 났다.

"밥때를 놓치지 않는다니까."

가영은 웃으며 잠시 고양이를 바라보더니, 금세 이진에 관한 이야기를 시작했다.

"이진이는 아빠가 자기를 버렸다고 생각했어. 그래서 길고양이에게 마음이 쓰였나 봐. 고양이를 돌보면서는 자기가 가치 있는 존재가 된 거 같다는 말을 부쩍 많이 했어. 난 그런 이진이를 이해해. 나도 부모님 없이 할머니와 지내면서 내가 대체 왜 태어난 걸까 괴로웠는데, 애들 밥 챙겨 주면서부터 마음이 편해졌거든."

가영은 자기가 일하던 편의점 주변의 길고양이에게 간식을 주려다가 같은 곳에서 고양이 밥을 챙겨 주던 이진과 처음 만나 친해졌다고 했다.

"굳이 애쓰지 않아도 편안하다고 느낀 건 이진이가 처음이었어. 이야기도 잘 들어 줬고 무엇보다 나를 잘 이해해 줬어."

가영은 계단을 올라가면서 약간 숨이 거칠어졌지만, 말을 끊지는 않았다. 나는 이진을 추억하는 가영을 보며 가영이 이렇게 말이 많은 아이였나 생각했다.

"그런데 이진이가 없어서 그런지, 캣맘도 재미가 없긴 해."

가영의 이야기를 잠자코 듣던 내가 말했다.

"사람들은 행복의 힘으로 산다고 생각하지만 실은 그렇지 않아. 365일 내내 행복하긴 어렵거든. 오히려 책임져야 하는 무언가가 살아갈 힘이 되곤 해. 그 무언가 때문에 슬프기도 하고 화가 나기도 하겠지만, 지켜야 할 게 있다는 건 그 자체로 삶의 원동력이 되거든. 아마 너와 이진이도 그런 것 같아."

"그런가? 그럴지도 모르지. 이진이 몫까지 해야 한다고 생각하면 슬픔도 잠깐씩은 잊게 되더라."

어떤 말을 하면 좋을까 고민하다가 그냥 가영의 손을 꼭 잡았다. 가영은 그런 나에게 눈웃음을 지어 보였다.

"너는 계속 여기 올 수 있는 거야? 차기 염라대왕이라면서."

"그 말 믿어?"

"당연히… 믿… 지 않지. 얼토당토않은 말이잖아. 하지만 사람들은 종종 특별한 이유로 거짓말을 하니까. 할머니가 그랬어. 누구를 해코지하는 거짓말이 아니라면 가끔은 그냥 넘어가라고. 그게 사람들이 숨 쉬는 구멍일 수 있다고 말이야."

"나는 동지까지만 여기 있을 수 있어. 가능하다면 그 전에 돌아가는 게 좋지만."

"아쉽다. 우리 크리스마스는 같이 못 보내겠네."

"뭐, 그렇지. …어? 아쉽다고?"

"당연히 아쉽지. 너 되게 재밌거든."

생각지도 못한 가영의 말에 솔직히 좀 놀랐다. 가영은 엉뚱하다 싶을 정도로 어디서나 당당한 게 내 매력이라고 말했다. 그리고 특히 먹는 것 앞에서는 전투를 치르는 용사 같다면서 소리 내어 웃었다.

"저승에는 맛이라는 게 존재하지 않아서 그래."

이 말을 하면서 나는 가영과 함께 떡볶이를 먹고 영화도 보러 가는 일상을 상상했다. 그런 날은 오지 않겠지만, 어쩌면 셀 수 없이 많은 시간이 흐른 뒤에는 가능할지도 모른다. 그때, 내 마음속에 있던 어떤 둑이 툭 터졌다. 가영에 대한 애틋함이 갈라진 틈으로 쏟아져 나왔다. 그것은 마치 아주 달고 맛있는 아이스크림처럼 느껴졌다. 어디선가 달큰한 냄새가 나는 듯도 했다. 내가 물었다.

"혹시 내가 해 줄 건 없어?"

가영은 이진으로 인해 닿게 된 인연이었다. 그러나 어느새 나와도 친구가 되었다. 비록 이진을 데려갈 수밖에 없지만, 그렇다고 가영에게 슬픔만 남겨 주기는 싫었다. 가영의 마음이 덜 다칠 수 있도록 무언가 해 주고 싶었다.

"소원이 있긴 있어. 꼭 들어줘야 해."

"뭔데?"

"이진이와 마지막 인사를 하고 싶어. 고마웠다는 말을 한 번도 못 했거든. 그래서 말인데, 길고양이들이 겨울을 날 집을 이진이와 만들고 싶어. 그날 데리고 와 줄 수 있어? 이진이도 블즈와 작별 인사를 하고 싶을 거야."

녀석이 고양이와 작별 인사 같은 걸 하고 싶어 하기는 할까. 지금 태도로 봐서는 말썽 부리는 일 외에는 관심이 없어 보였다.

"안 올지도 몰라…. 말은 해 볼게."

"올 거야. 블즈를 그리워하고 있거든."

"네가 어떻게 알아?"

"며칠 전에 여기 와서 블즈와 놀다 갔어."

뜻밖이었다. 녀석의 속마음을 가늠할 수가 없었다.

"무슨 말을 나눴는지 물어봐도 돼?"

"그게….'

가영이 머뭇거렸다. 주저하는 것처럼 보였다. 나는 기다렸다.

"도서관에서 책을 반납하는 걸 보게 됐어. 사서 선생님께 대출 기한을 넘겨서 미안하다고 사과하는데, 내가 알던 이진이 모습 그대로였어. 마음이 짠하더라. 그런 일을 겪고도 책을 반납한다고 왔다는 게…. 바보처럼 착해 가지고…. 그 순간만큼은 이진이가 살아 돌아온 것 같았어."

그러나 가영은 바로 알은체하지 않았다고 했다. 책을 반납하고는 책 진열대를 미술 작품을 감상하듯 하나씩 확인하는 모습이 무슨 의식을 치르는 것처럼 보였기 때문이었다. 내가 물었다.

"사서 선생님은 이진이를 몰라?"

"그날 있으셨던 분은 새로 오신 분이라서 몰랐을 거야."

이진이 반납한 책은 무엇이었을까? 나중에 자기 엄마가 녀석의 짐을 정리할 때, 도서관 딱지가 붙은 책을 보면 어차피 반납을 해 줄 텐데…. 굳이, 라는 의문이 안개처럼 피어올랐다.

"반납한 책 제목이 뭐였어?"

"그건 몰라. 계속 지켜보기만 했거든. 이진이 같았지만 말을 건네기는 쉽지 않았어. 아닐 수도 있잖아. 그러다 도서관 밖으로 나가길래 무작정 뒤를 쫓아갔어. 그런데 이번엔 도서관 뒷마당에서 블즈와 놀아 주고 있는 거야. 그럼 이진이가 맞잖아. 그래서 '이진아' 하고 불렀어."

가영이 잠시 말을 멈추고 가쁜 숨을 내쉬었다. 목이 메나 싶었지만, 가영의 상태를 살펴볼 여유가 없었다. 나는 기다리지 못하고 뒷말을 재촉했다.

"이야기 좀 해 봤어? 뭐래?"

"나를 보더니 도망가 버렸어."

두서없이 이야기를 쏟아 내던 가영의 얼굴에 그늘이 드리웠다. 동시에 어깨도 축 늘어졌다. 가영은 잠시 입을 다물었다. 우리 사이에 무거운 공기가 차곡차곡 쌓였다. 하지만 그 시간은 길지 않았다. 가영은 곧 어깨를 펴고 허리를 꼿꼿하게 세웠다. 고개를 돌려 나를 바라보는 눈동자에서 힘이 느껴졌다. 가영이 또박또박 말을 이었다.

"그날 이진이를 보면서 느꼈어. 이진이도 블즈가 겨울을 잘 날 수 있을지 걱정하고 있다는 걸 말이야. 우리는 서로 마음이 통해. 이진이 마음도 내 마음과 같을 거야. 그러니까 이진이에게 블즈를 위한 겨울 집을 같이 만들자고 전해 줘. 부탁이야."

이건 어쩌면… 녀석의 마음을 돌릴 기회였다.

✦ 새로운 저장 장치

나는 새로운 저장 장치를 구하기 위해 며칠 후에 이진 엄마를 만나러 갔다.

"하으으으음."

아윤역에 내리자마자 하품을 하며 기지개를 켰다. 출구로 나와 지도 앱을 따라 걷다 보니 이진 엄마가 말한 빌라 단지가 보였다.

'여기가 녀석이 살던 집인가?'

이진 엄마가 일러 준 호수가 맞는지 확인하고 초인종을 눌렀다. 잠시 후 문이 열렸다.

"왔구나. 들어와라."

문을 열어 주는 이진 엄마의 표정에서 불안과 슬픔이 전해졌다. 그럴 만했다. 이진이 실종된 때부터 끝내 주검으로 발견되기까지 마음을 추스를 겨를이 없었을 테니까. 게다가 아들의 영혼이 다른 아이의 몸에 깃든 걸 목격했다. 머리로 이해할 수 없어도 마음으로는 이진의 존재를 분명하게 느꼈을 것이다. 지금 상황에서 누구보다 혼란스러운 사람 중 한 명이 아닌가. 그래서일까. 만나자고 연락했을 때, 내 연락을 기다리고 있었던 것처럼 느껴지기도 했다.

"편한 곳에 앉으렴."

거실 테이블 앞에 앉은 내게 이진 엄마가 핫초코 한 잔을 내밀었다. 두 손으로 쥔 컵에서 온기가 느껴졌다. 이진 엄마는 무언가를 가져오겠다며 잠시 방으로 들어갔다. 기다리면서 집 안을 둘러보는데, 벽에 걸린 그림이 눈에 띄었다. 화사한 색감으로 그려진 가족의 모습이 행복해 보였다.

"에바 알머슨이 그린 거야."

이진 엄마는 정리함을 테이블 위에 놓으며 말했다.

"포근해 보여요."

"그러게. 에바 알머슨의 그림을 보면 괜스레 기분이 좋아지면서 가슴이 찡해."

대답 대신 핫초코를 한 모금 마시며 이진 엄마의 표정을 살폈다. 예전만큼 적대감이 느껴지지 않았다.

"네가 말한 그날, 그러니까 영혼 분리식을 했던 날, 이진이가 한 달 동안은 자기 방을 그대로 놔두어 달라고 메모를 남겼더라. 그래서 최근에야 이진이 물건들을 정리했는데 생각보다 많지가 않네."

"잠시 살펴볼게요."

나는 자리에서 일어나 정리함 뚜껑을 열고 안을 들여다보았다. 자그마한 노란색 뜨개옷이 보였다. 살짝 미소가 지어졌다.

"이진이가 입던 건가요?"

"응, 그 옷을 입은 이진이가 참 예뻤거든. 그래서 버릴 수 없었어."

정리함에는 영화 포스터도 있었다. 내가 이승에 온 지 얼마 되지는 않았지만, 종이로 된 영화 포스터가 붙어 있는 것은 거의 보지 못했다. 대개는 포스터가 아니라 대형 화면을 통해 영화를 홍보하고 있었다.

"애니메이션 감독이 되는 게 이진이 꿈이었어. 최근에 본 영화 중에 가장 재미있었다면서 가져왔더라고."

포스터에는 '코코'라는 글자가 크게 적혀 있었다. 나는 고개를 갸웃했다. 생명공학을 공부하러 유학까지 준비하던 이진인데, 꿈이 변한 건지 의아했다.

"이 애니메이션이 재미있었대요?"

"멕시코에도 우리나라의 제사와 같은 문화가 있는 게 신기했고, 저승을 모험하는 내용이 흥미진진했대."

녀석은 자기 미래를 알았던 걸까. 어떻게 저승이 흥미진진할 수 있는 거지. 궁금증을 뒤로하고 정리함 속 물건을 좀 더 살펴보았다. 아쉽게도 저장 장치로 쓰일 만한 건 없었다. 죽기 전에 자주 만지고 사용한 물건이어야 했다. 내 표정을 살피던 이진 엄마가 조심스레 물었다.

"그 저장 장치라는 걸 찾지 못하면 어떻게 되는 거니?"

"어떻게든 방법을 찾아야죠. 그런데… 이진이가 사라지지 않기를 바라시는 거 아니었어요?"

"내 욕심이라는 거 알아. 그 일이 있고, 서영재 박사님이 몇 번 연락하셨어. 이진이가 좋아하는 반찬을 물어보더라. 이진이 버킷리스트도 알려 달라고 했고. 나와 이진이한테 미안하다면서, 얼마 전에는 못 할 짓을 했다며 울기까지 하시더라. 그때는 그게 최선인 줄 알았는데 지금은 후회한다고 하셨어."

뭔가 마음에 걸렸다. 아니, 처음부터 내내 걸리던 게 있었다. 나는 자세를 고쳐 앉으며 물었다.

"뭐가 최선이라는 거예요? 이진이가 율민이 이복형제라는 거 말고도 다른 비밀이 있는 거죠?"

"내가… 실언을 했나 보다."

이진 엄마는 입을 다물었다. 더 말해 주지 않을 것 같았지만, 이대로 물러날 수는 없었다.

"이진이가 여기 오지 않아서 섭섭하진 않으세요?"

"내가 오지 말라고 했어. 오면 이진이를 붙잡을 거 같았거든. 그러면 안 되는 거잖니. 조금이라도 아빠와 함께해야 응어리졌던 마음도 풀릴 거고. 나와는 영혼 분리식을 하던 날 마지막 인사를 했다고 생각한단다."

분명 감춰진 뭔가가 있다. 이진의 분노에는 그럴 만한 사정이 있어 보였다. 지금 이진 엄마의 태도에도 석연찮은 구석이 많다. 다시 핫초코를 한 모금 마시고는 물었다.

"사고의 원인을 이진이에게 물어보셨어요?"

일부러 '사고'라는 단어를 골랐다. 가장 최악의 상황을 가정해서 묻는 것은 너무 잔인한 일 같았기 때문이다.

"산에서 뛰어내린 거라고 할까 봐, 두려워서 물을 수 없었어."

"제가 꼭 이진이한테 물어볼게요."

"응, 그래 줄래?"

경찰에서는 이진의 사고를 미제로 처리했다. 누군가에게 떠밀린 흔적이 없었고, 그렇다고 자살이라고 하기에는 시신이 발견된 장소나 정황이 맞아떨어지지 않는다는 이유였다. 사고의 가능성을 열어 두고 충분히 수사한 결과라고 경찰은 덧붙였다.

또다시 침묵이 이어졌다. 그러다 뭔가 생각난 듯 이진 엄마가 잠시 기다려 달라고 하며 자리를 비웠다. 돌아와서는 휴대전화 하나를 내밀었다.

"이진이가 사용하던 휴대전화인데, 손길이 닿은 물건이 필요하다고 해서…. 이건 어떠니? 경찰에서 조사가 끝났다고 돌려준 거야."

순간 반가움에 소리를 지를 뻔했다. 이승에 와서 본 사람들의 모습에는 공통점이 있었다. 아이든 어른이든 모두 휴대전화를 손에 쥐고 놓지 않았다. 살면서 아끼던 물건이 그 사람의 영혼을 담는 저장 장치로 쓰일 수 있는 거라면, 가장 강력한 저장 장치는 바로 휴대전화가 아닐까.

"제가 찾던 게 바로 이런 거예요!"

휴대전화를 건네받은 나는 다급하게 전원을 켰다. 곧 블즈 사진으로 설정해 둔 화면이 밝게 빛났다.

"경찰이 조사하느라 비밀번호를 풀었어. 덕분이라는 표현이 좀 그렇지만, 어쨌든 덕분에 거기 남겨진 이진이 사진을 볼 수 있어서 좋더라. 가져가는 건 괜찮은데 나중에 다시 돌려받을 수 있을까? 그거 말고는 이진이 사진이 별로 없거든."

"당연하죠. 꼭 돌려드릴게요. 혹시 다른 물건도 몇 개 빌려 가도 될까요?"

"그래, 그러럼."

나는 이진의 유품 몇 가지를 챙겨 배낭에 넣었다. 그때 정리함 구석에서 도서관 회원 카드를 발견했다. 얼마 전 가영이 이진을 도서관에서 만났다고 한 이야기가 생각나 함께 챙겼다.

집에 가자마자 미스터 점과 골골해골, 떼굴이를 거실로 불러 모았다. 그리고 소파 테이블 위로 이진의 유품을 늘어놓으며 물었다.

"이 중에 저장 장치로 쓸 만한 게 있을까? 여기 휴대전화도 있어."

미스터 점이 휴대전화를 만지작거리며 말했다.

"이상하지? 휴대전화라는 거 말이야. 사람의 손에서 좀처럼 떨어지지 않는데, 물건 자체에서는 신기할 정도로 아무것도 느껴지지 않더라."

뜻밖이었다. 그런데 생각해 보니 틀린 말이 아니었다. 휴대전화라는 물건에서는 쓰던 사람의 기운이 도통 느껴지지 않았다.

"그럼 어떡하지…. 저장 장치를 어디서 구해야 할까?"

내가 풀이 죽은 모습으로 말하자, 이진의 유품을 구경하던 떼굴이가 위로했다.

"그래도 잘했어. 아윤동을 돌아다니면서 보이는 귀신들마다 붙잡고 물어봐도 다들 이진이를 잘 모르더라고. 그런데 이렇게 반가운 걸 가지고 왔잖아. 휴대전화에 저장된 것들을 자세히 살피다 보면 뭐라도 나오지 않겠어?"

이번엔 골골해골이 도서관 회원 카드를 집어 들며 물었다.

"이건 왜 가지고 온 거야?"

"지난번에 가영이가 도서관에 책을 반납하러 온 이진이를 봤다고 했거든. 그게 생각나서 가져온 건데…. 맞다, 그때 이진이가 무슨 책을 반납한 걸까?"

내 말에 골골해골이 진지한 얼굴로 말했다.

"그러게. 책을 왜 굳이 직접 반납하려고 했던 걸까? 자기 엄마가 곧 유품을 정리하다가 발견할 테고, 그러면 대신 반납했을 거잖아. 안 그래?"

"엄마를 귀찮게 할까 봐 그런 거겠지."

미스터 점이 대수롭지 않다는 듯 대답했다.

"그렇다기엔 좀 수상해. 혹시 엄마가 보면 안 되는 책인가?"

골골해골이 나름대로 추리를 했다. 나도 골골해골의 말에 일리가 있다고 생각했다. 보면 안 되는 책이라…. 문득 호수공원에서 율민이 해 준 말이 떠올랐다. 영혼 분리식을 하고 이진 엄마와 집으로 간 날, 이진이 자기 방에서 어떤 책을 겨울옷 수납 상자에 숨기는 걸 봤다는 내용이었다. 그때는 대수롭지 않게 여겼었는데, 분명 반납한 책과 관련이 있을 것 같았다.

"이진이가 반납한 책이 무엇인지 알아봐야겠어."

나는 일단 아윤도서관에서 가영을 만났다. 그리고 가영에게 이진의 회원 카드를 건네며 이진이 반납한 책을 확인해 달라고 했다. 가영은 뜻밖의 부탁에 놀란 듯했지만 수긍하며 도서관 안으로 들어갔다. 다행히도 평소에 가영과 이진을 알고 있던 사서 선생님이 가영의 이야기를 듣고는 이진의 대출 목록을 볼 수 있도록 허락해 주셨다. 회원 카드도 아직 사용할 수 있었다. 가영은 대출·반납 데스크에서 이진의 회원 카드 바코드를 스캔했다. 그러자 최근 도서 대출 목록이 떴다. 모두 율민 아빠, 즉 서영재 박사의 책이었다. 목록을 본 가영이 말했다.

"이런 종류의 전공 도서는 이 도서관에 없어. 대학도서관에나 비치하는 책이거든. 이진이는 공공 도서관 지원 서비스를 이용한 것 같아. 여러 곳에서 대출되어 여기로 온 걸 보면 말이야."

"그럼 이 책들을 보려면 일일이 해당 도서관에 찾아가서 봐야 하는 거야?"

"국립중앙도서관에 가면 모두 볼 수 있을 거야."

나는 가영과 헤어진 뒤 곧바로 국립중앙도서관으로 향했다. 가는 동안에 많은 생각이 머릿속을 스쳐 갔다. 단순히 아빠가 쓴 책이라서 빌린 걸까? 아빠가 쓴 책을 가지고 싶었다면 아예 사서 소장하는 게 맞았다. 그런데 내 느낌에 이진은 엄마 앞에서 아빠 이야기를 잘 꺼내지 않은 것 같았다. 그렇다면 아빠가 쓴 책을 보고 싶은데 엄마가 마음에 걸려서 사지 못하고 빌렸던 걸까? 이 추측이 맞는지도 확인해 봐야겠다고 생각했다.

나는 국립중앙도서관에 도착하자마자 책을 검색했다. 동네 도서관과 달리 좀 복잡했지만, 어찌어찌 책을 전부 찾아냈다. 이진이 빌린 책은 대부분 전공 도서였다. 한 권씩 훑어보는데, 앞의 세 권은 너무 어려워서 몇 쪽 만에 포기하고 책장을 덮었다. 다행히 네 번째 책은 생명공학 전문가로서의 생각과 경험을 쓴 에세이였다. 내용을 차근차근 읽어 나가기 시작했다.

복제인간 기술이 상용화된다면 어떤 사람들이 제일 먼저 나설지를 떠올려 본 적이 있다. 아마도 난치병 환자와 그 가족들일 것이다. 건강한 장기를 복제해서 이식하면 병을 치료할 수 있을 테니까.

한번 가정해 보자. 독고 씨는 결혼하고 첫아이를 낳았다. 기쁨도 잠시, 아이는 급성 백혈병에 걸려 1년을 넘기지 못하고 죽었다. 독고 씨는 다시 아이를 가지려고 했지만 쉽지 않았다. 그러기를 10년, 독고 씨 부부에게 선물 같은 새 생명이 찾아왔다. 하지만 곧 과거의 기억이 떠오르며 불안감이 엄습했다. 그리고 얼마 후 독고 씨는 자신의 누나가 어릴 때 백혈병을 앓았던 걸 알게 되었다. 독고 씨는 더욱 두려웠다. 백혈병이 유전일 수 있겠다는 생각마저 들었다. 다시 아이를 잃고 싶지 않았던 독고 씨는 굳은 결심으로 태어날 아기의 배아세포를 활용해 복제인간을 만들었다.

이런 경우 윤리적 문제에 봉착할 수 있지만, 자식에 대한 부모의 마음을 비난할 수만은 없다. 그래서 우리는 복제 윤리를 양지로 드러내고 사회적 합의를 통해 인간 복제 지침을 만들어 내야 한다.

'이진이가 설마 복제인간인 건 아니겠지…?'
말이 안 되는 의심이라며 부정하려고 했다. 하지만 내 의심에 불을 붙인 작은 불씨는 커다란 불덩이가 되더니 어느새 내 머릿속을 태우기 시작했다. 나는 책들을 반납 카트에 올려 두고 밖으로 나와 의자에 앉았다. 그리고 휴대전화를 꺼내 전학 날 벌어진 인질극에 관한 기사를 검색했다. 다음 날 올라온 기사가 눈길을 끌었다.

어제 강남의 한 빌딩에서 발생한 인질극과 관련해 오늘 장복단(장기 복제에 관한 연구 지원 촉구를 위한 단체) 회원들의 시위가 있었다. 대규모 인원이 참가한 이 시위로 인해 유전공학연구소가 위치한 해당 빌딩 일대가 혼란을 빚었다. 시위에 참가한 한 장복단 회원은 "난치병 환자의 고통을 국가가 외면하고 있다."면서 "인질 사건을 벌이는 건 명백한 잘못이지만, 그 절박함을 심정적으로 공감한다."라고 말했다.

다른 기사도 있었다.

며칠 전 강남에서 인질 사건이 발생하면서 장기 복제에 관한 논란이 다시금 불거지고 있다. 장기 복제는 생명 윤리적 관점에서 찬반양론이 첨예한 사안이다. 그러나 난치병 치료의 희망으로도 여겨지는 만큼 국회에서는 장기 복제 지원에 관한 논의를 진행하고 있다.

이번에는 '서영재'를 검색했다. 여러 내용이 화면을 채웠다.

발표한 논문도 있었고 복제윤리위원회 위원으로서 복제를 찬성하는 기고문도 여러 개 나왔다. 문득 영혼 분리식 다음 날 만난 서영재 박사의 가방 안에 생명연구학회인가 하는 곳의 팸플릿이 들어 있었던 기억이 떠올랐다. 나는 다시 학회 이름을 검색했다. 가장 비슷한 이름의 학회는 생명공학연구학회였다. 그 학회의 웹사이트로 들어가서 공지를 클릭하자, 지난번 학술대회 결과 보고가 떴다. 서영재라는 이름 옆에 적힌 발표 제목은 '복제인간과 윤리'였다. 숨이 멎는 것 같았다.

서영재 박사는 단순한 생명공학 연구자가 아니라 복제 전문가였다. 그래도 뭔가 해결되지 않는 부분이 있었다. 율민과 이진은 생일이 별로 차이가 나지 않았다. 복제에 관한 자료를 몇 개 더 찾아보니, 배아세포를 복제하면 태아가 태어나기 전에도 복제가 가능하다는 자료가 있었다. 둘은 인공적 일란성 쌍둥이인 셈이었다. 이상했던 점들이 전부 아귀가 딱딱 맞아 들어갔다. '대용품'이라는 단어를 이보다 더 정확히 설명할 수 있는 예는 없었다. 이진이 사명부에 없다는 점도 설명된다. 이복형제인 것 말고 다른 비밀이 없느냐는 내 질문에 서영재 박사가 아무 말도 하지 못한 것도 이제야 이해가 갔다. 화장터에서 마구니 냄새가 났지만, 공격이 심하지 않았던 것도 납득이 되었다. 복제인간이라 구천을 떠도는 영혼 냄새가 덜했으리라. 빙의의 조건은 굳이 따질 필요도 없었다. 복제인간이라면 같은 몸 아닌가. 율민의 몸을 자기 몸으로 인식해서 들어가는 게 너무나 당연했다.

심장이 점점 요동쳤다. 머릿속에서 타오르던 불씨는 심장으로 내려오더니 내 손끝과 발끝을 지나 몸 곳곳으로 전달됐다. 온몸이 확확 달아올라 뜨거웠다. 나는 호흡을 가다듬고 휴대전화를 열어 율민에게 톡을 보냈다. 율민이 움직일 수는 없겠지만, 녀석이 톡을 보면 율민도 알 테니까.

> 한이진은 너의 복제인간이야.

✦ 나의 정체성

"얘기 좀 하자."

점심을 먹고 난 뒤 녀석을 불렀다. 녀석이 율민인 척하며 지낸 지도 두 달이 넘어가고 있었다. 나는 점점 초조해졌다.

녀석은 다른 아이들의 시선이 부담스러운지 운동장 구석의 등나무 쉼터로 나를 데려갔다. 등나무는 여름내 무성했던 잎을 떨구는 중이었다. 나뭇잎 사이사이로 하늘이 보였다. 문득 가을이 지나가고 있음을 느꼈다. 그러나 녀석은 감상에 젖을 틈을 주지 않았다.

"할 말이 있는가 본데, 해."

"너 좀 들어가라. 율민이에게 할 말이 있으니까."

"어차피 걔도 다 들어. 감각이 공유되니까."

녀석이 얄밉게 웃었다. 내가 쩔쩔매는 게 즐겁다는 듯이 말이다.

"너도 알지? 너랑 율민이의 영혼 합일이 시작된 거. 이건 너희의 영혼이 영원히 소멸한다는 뜻이야. 진짜 마구니 밥이 되어도 좋아?"

"어차피 난 윤회는 포기했어. 미운 사람 벌주는 게 더 마음에 들거든."

"한이진!"

내가 소리를 빽 질렀다. 내 마음이 부정당하는 기분이 들어서였다. 이진이 복제인간이라는 사실을 알게 된 후에 나도 심경이 꽤 복잡했다. 그래도 나보다 녀석의 마음을 먼저 헤아리려고 했다. 어떻게 하면 다친 마음을 어루만져 줄 수 있을지 고민했다. 그런데 녀석은 모든 걸 시시껄렁하게 받아들였다.

"네가 복제인간으로 태어난 게 율민이 잘못은 아니잖아. 그러니까 그만둬."

"걔 잘못이 아니라고? 내가 누구 때문에 만들어졌는데. 다 서율민 그 자식으로부터 시작된 일이야. 용서할 수 없어. 되갚아 줘야 공평한 거지, 안 그래? 난 서율민을 사라지게 할 거야. 그래서 아빠도 걔 엄마도 죽는 날까지 후회하고 괴로워했으면 좋겠어."

"한이진, 정말 이러기야!"

진짜 어쩔 수 없는 건가. 이대로 모든 걸 포기해야 하나. 녀석을 막지 못할 것 같아 두렵고 무서웠다. 부풀어 오른 감정이 영혼의 부피마저 늘린 듯 가슴이 갑갑해졌다.

"염라희. 너 이상하다. 한이진이 누구야?"

언제 왔는지 빛나가 옆에 서 있었다. 어쩐 일로 혼자였다.

"그런 게 있어."

나는 말을 얼버무리면서 녀석을 보았다. 녀석은 뭐가 그리 재밌는지 볼을 씰룩이며 생글생글 웃고 있었다. 빛나가 나를 밀치고 녀석 앞으로 바짝 다가가 물었다.

"왜 내 톡 전부 씹는 건데?"

"귀찮아졌어. 너랑 그만 놀래."

"뭐, 또 마음이 바뀌었어? 넌 왜 이렇게 변덕이 심한 거야? 저번에는 같이 놀이공원 간다고 해 놓고 금세 말을 바꾸더니, 이번에는 아예 약속 장소에 나타나지도 않고 말이야."

"내 마음이거든. 그러니까 귀찮게 옆에서 앵앵거리지 좀 말아 줄래?"

"뭐?"

빛나가 되물었다. 얼이 빠진 표정이었다. 녀석은 빛나에게 향하던 시선을 거두고 나를 흘깃 쳐다보았다. 내 표정을 읽으려는 듯했다. 나는 입을 꾹 다물고 기다렸다. 괜히 둘 사이에 끼었다가 쓸데없는 얘기만 길어질 게 뻔했다. 지금은 녀석을 달래는 일이 가장 급하다. 그런데 문제는 방법이 없다는 점이었다. 마음이 속절없이 무너진다는 게 이럴 때를 두고 하는 말인 것 같았다.

"설마 너희 사귀어?"

"내가? 재랑?"

빛나의 갑작스럽고도 황당한 질문에 나는 손가락으로 나를 가리키며 되물었다. 그러자 빛나가 확신에 찬 얼굴로 말했다.

"그렇지 않고서야 날 찰 이유가 없잖아."

내가 뭐라고 받아치기도 전에, 녀석이 다가와 내 어깨를 감쌌다. 눈 깜짝할 사이에 일어난 일이었다. 심장이 쿵쿵 뛰었다. 놀란 마음이 가셨는데도 두근거림이 가라앉지 않았다. 내 심장 소리가 들릴 것만 같아서 교복 재킷을 여몄다.

"맞아. 원래 우리 사귀었는데 내가 라희에게 잘못한 게 좀 있어서 헤어졌거든. 그래서 홧김에 너랑 친해지려고 했던 거야. 사실 나 너 별로야."

녀석이 어깨를 감싼 채 말했다. 내 머릿속이 흐트러졌다. 녀석이 왜 이러는 거지? 그 의도부터 파악해야 했다. 내가 아무 말이 없는 게 이상했는지 녀석이 내게 시선을 돌렸다. 순간 숨이 멎는 듯했다. 8대 지옥에서 영혼을 괴롭히는 요물을 만났을 때도 이 정도로 긴장하지는 않았다. 녀석에게 들키지 않게 조용히 호흡을 가다듬으며 고개를 들었다. 빛나의 비틀린 입술이 보였다. 그러나 빛나는 녀석이 쳐다보자 곧바로 구겨진 표정을 곱게 폈다. 그러고는 녀석의 팔을 잡으며 애원했다. 작전을 바꾼 모양이었다.

"내가 여왕벌처럼 굴지 않으면 좋아해 준다고 했잖아. 그래서 나 이제 혼자 다녀. 그래, 맞다. 공부도 좀 잘하라고 그랬지? 그건 빨리 되는 게 아니니까 조금만 더 기다려 줘. 성적 꼭 올릴게. 그러니까 율민아, 나랑 다시 만나 주면 안 돼? 내가 라희보다 백배 천배 잘해 줄게."

녀석에게도 나쁜 남자 기질이 있나 보다. 콧대 높기로 유명한 빛나를 매달리게 하다니…. 이렇게 보면 이진과 율민도 닮은 구석이 있구나 싶었다.

"그만 풀어 주면 좋겠는데."

내가 말했다. 그러나 녀석은 어깨에 두른 팔을 내리지 않았다. 팔을 풀려고 몸을 움직이던 그때, 귀신의 발소리까지 듣는 내 예민한 청력이 어떤 기운을 감지했다. 옷감이 스치는 소리, 여러 사람의 희미한 말소리가 파동이 되어 내 귀에 닿았다. 나는 떼어 내려던 녀석의 팔을 잡고 앞으로 끌어당겨 녀석의 품에 더 깊이 안겼다. 그런 다음 녀석에게만 들리도록 작게 속삭였다.

"저기 박빛나 무리가 있어. 빛나와 멀어지려면 지금이 기회야."

녀석이 내 시선을 따라 고개를 돌렸다. 등나무 쉼터와 그리 멀지 않은 곳에 있는 체육 창고 뒤편으로 몇몇 아이들의 교복 자락이 보였다. 빛나도 숨어 있던 아이들을 눈치챘는지 몸을 돌려 소리쳤다.

"내가 따라오지 말라고 했지!"

우당탕 소리가 들리더니, 곧이어 도망가는 박빛나 무리의 뒷모습이 보였다. 그들이 시야에서 사라지자마자 나는 녀석의 팔목을 잡아 내 어깨에서 떼어 냈다. 그러고는 목소리를 다듬고 태연히 말했다.

"난 삼각관계 딱 질색이야. 막장은 더더욱 싫고. 특히 연하는 내 취향이 아니거든. 그래서 말인데, 두 사람 관계는 두 사람이 알아서 잘 해결해. 나는 간다."

계획대로라면 이대로 뒤돌아설 게 아니라 녀석을 설득해야 했다. 그러나 타이밍이 좋지 않았다. 나는 다시 기회를 노리기로 했다.

한시가 급한데도 며칠 동안 아무것도 진척된 게 없었다. 세위도 다른 방법을 찾기 위해 백방으로 노력했지만 별 성과를 내지 못했다.

이진이 복제인간이라는 사실만이 명확해졌을 뿐이었다. 나는 서영재 박사를 만나 그 진실을 직접 확인했다. 그리고 이진 엄마에게도 찾아갔다. 이진 엄마가 말하길, 예전 일기장에 이진의 복제에 관한 기록을 써 두었는데 그걸 이진이 읽고 자신이 복제인간임을 알게 되었다고 한다. 그러면서 이진이 차라리 한국을 떠나 마음 편히 살았으면 하는 바람에서 유학을 말리지 못했다고 말해 주었다.

문제는 진실을 밝혔음에도 이진을 데려갈 방법이 없다는 점이었다. 이진이 가장 애착을 가졌던 드론과 칭찬스티커 북은 이제 없다. 설혹 저장 장치로 쓸 다른 물건을 찾는다 하더라도 녀석이 얌전히 영혼 분리식을 치르지는 않을 터였다.

"왜 내가 더 떨리냐?"

"떨릴 게 뭐 있어. 그냥 보고서에 대한 답을 받는 것뿐인데."

내 옆에서 골골해골이 다리를 떨었다. 경과 보고서 작성 이후 나는 이진이 복제인간이라는 사실을 저승 앱 게시판에 추가로 보고했다. 오늘은 그 보고에 대한 답신이 오는 날이었다. 솔직히 나도 떨렸다. 심장이 두근거리고 손에 땀이 배어났다. 겉으로는 아무렇지 않은 척 양반다리를 한 채 소파에 앉아 천천히 요거트를 떠먹었지만, 맛이 잘 느껴지지 않았다. 재밌게 보던 텔레비전 드라마 역시 눈에 들어오지 않았다.

"떴어!"

드라마가 거의 끝날 무렵 떼굴이가 소리쳤다. 우리 모두 벌떡 일어나 떼굴이가 든 태블릿 앞으로 모였다. 답글이 달려 있었다.

"떨려서 나는 못 보겠어. 라희 네가 열어 봐."

떼굴이가 내게 태블릿을 건넸다. 나는 조심스럽게 답글을 눌렀다. 세 위가 내게 바짝 붙었다.

<라희 선학에게 보내는 통지서>

1. 라희 선학이 제출한 보고서 및 저승 앱에 올린 추가 보고를 확인한 이후 저승에서는 자체적으로 여러 자료를 수집하였다. 이 자료들을 교차 검증한 결과, 한이진은 삼신할미가 점지한 적이 없는 것으로 밝혀졌다. 이는 한이진의 영혼이 생명부와 사명부 모두에 존재하지 않는다는 의미다. 전에 없던 이러한 일이 생겨난 까닭은 라희 선학이 알아냈듯 한이진이 복제인간이기 때문이다.

2. 다만 지금까지 복제인간의 영혼에 관한 법령과 규율이 만들어지지 않았기에 고심이 깊었다. 그러나 모든 영혼은 염라대왕 앞에서 판단을 받아야 한다는 대원칙에 의거하여, 저승에 업로드되지 않은 영혼을 모아 두는 영혼 분류소를 신설해 복제인간의 영혼을 특별 관리하기로 하였다. 이에 라희 선학에게 한이진의 영혼을 동지까지 저승으로 데려오기를 명한다.

3. 이승에 내려가기 전에 공지한 대로, 한이진이 가장 아끼는 물건에 그의 영혼을 담아야만 삼도천을 안전하게 건널 수 있다.

영혼 분리식 때 드론과 칭찬스티커 북이 망가졌다는 걸 보고했는데도 대안을 주지 않았다. 내 몸에 신고 가는 것도 금기라면서 도대체 어쩌라는 건지…. 무조건 밀어붙이면 알아서 방법을 찾아내겠거니 하는 거냐고! 나는 다음 문장을 읽었다.

※ 추신: 서천꽃밭의 생명부와 저승의 사명부에 기반하여 영혼의 데이터베이스화를 시작했다. 지금은 각 명부에 기록되지 않은 영혼을 대상으로 누락 경위를 조사하는 동시에 명부를 복원하는 중이다. 다행히 라희 선학과 함께 이승으로 내려간 세 위는 생명부에 기록이 남아 있었다. 아울러 조만간 세 위의 기록이 사명부에 기재될 예정이다.

추신에 적힌 내용에 따르면, 세 위는 이번 일이 끝나 저승으로 돌아가면 복원된 명부를 바탕으로 염라대왕에게 판결을 받게 된다. 윤회가 다시 시작된다는 의미이자, 더는 구천소생촌에서 지내지 않아도 된다는 뜻이었다. 좋은 소식이었다. 떼굴이는 소리를 질렀고 미스터 점은 눈물을 흘렸다. 골골해골은 비쩍 마른 몸으로 엉덩이를 실룩거리며 춤을 췄다. 나도 기뻤다. 그러나 한 가지 의문이 남았다.

"왜 내 이름은 없지?"

내 물음에 골골해골이 추던 춤을 멈췄다.

"넌 염라대왕이 될 텐데 그게 뭐가 중요해."

"일부러 네 이름을 넣지 않았을 수도 있잖아. 떼굴이 말대로 염라대왕이 될 영혼을 군이 복원할 필요는 없으니까."

떼굴이에 이어 미스터 점이 나름대로 합당한 이유를 말했지만, 가슴이 싸해지는 것을 막아 주지는 못했다. 육신이 있다는 건 이럴 때 불편했다. 그냥 머리로만 받아들이던 것을 몸으로 느끼니 감정의 폭이 커졌다.

"그러면 라희도 한이진과 비슷한 영혼인 건가?"

골골해골의 말이 내 마음속 불안함을 건드렸다. 구천소생촌의 다른 영혼들은 사명부 기록이 없어도 윤회한 기억이 있었으므로 생명부에서 기록을 찾으면 윤회할 수 있었다. 하지만 나는 아니었다. 윤회의 기억 자체가 없었다. 이제까지는 스스로를 인생 1회 차에 모든 게 끝난, 오지게도 재수가 없는 영혼이라고 여겼다. 내가 염라대왕 공채에 지원한 것도, 위험을 감수하고 이승으로 온 것도, 윤회에 대한 절박함 때문이었다. 그런데 지금 내 영혼과 한이진의 영혼이 비슷한 것 아니냐는 말을 듣자, 내면에서 무언가가 소용돌이치며 나를 격렬하게 흔들어 대기 시작했다. 맞다. 내 정체성은 증명된 적이 없었다. 그간 꾹꾹 눌러 왔던 물음이 봉인 해제되고 있었다. 나는 누구였을까?

이진의 유골이 있는 추모 공원으로 향했다. 걷잡을 수 없이 번지는 생각을 정리하고 싶었기 때문이다. 세 위가 내 어두운 표정을 신경 쓰는 것도 싫었다. 구천소생촌에서 벗어나 윤회하기를 얼마나 고대했는지 알기에 맘껏 기뻐하게 해 주고 싶었다.

생각은 계속해서 뻗어 나갔다. 내가 이진을 데려갈 자격이 있는 걸까. 겨우 영혼 1회 차밖에 되지 않은 내 기록이 누락되었다는 건 존재할 필요가 없는 영혼이라는 뜻이 아닐까. 모든 게 의심스러웠다. 지금까지 가져 왔던 희망과 용기가 전부 사그라드는 기분이 들었다.

죽기 전에 나는 보육원에서 자라 늘 다른 사람들의 눈치를 보며 살았다. 영혼이 되어 판결을 받기 위해 명경대 앞에 섰을 때, 저승 차사는 사명부에서 내 이름을 찾지 못했다. 사명부를 거듭 뒤적여도 내 이름이 보이지 않자, 저승 차사는 바쁘다며 나를 밀쳐 냈다. 그때 나는 이승에서도 환영받지 못했는데 저승에 와서도 쓸모없는 영혼으로 취급받는 게 서글펐다. 어디로 가야 할지, 어디에서 기다려야 할지, 아무것도 모르는 상태라서 슬픔은 더욱 가중됐다.

다행히 구천소생촌에서 지내게 되면서 조금씩 달라졌다. 계속 신세 한탄만 하고 싶지 않았다. 이승에서 살던 것처럼 지내지 않겠다는 나의 다짐도 시간이 갈수록 더욱 굳건해졌다. 그래서 구천소생촌 출신이라며 멸시받아도 꼿꼿하게 행동했고, 미안하다는 말도 쉽게 하지 않았다. 지지 않으려고 허세를 부리기도 했다. 이 모든 노력을 할 수 있었던 건 언젠가는 다시 사명부에 기재될 것이라는 믿음이 있어서였다. 그런데 내가 존재 가치가 없는 영혼이라면? 마음이 무너져 내렸다. 슬픔을 견디기 어려웠다.

어느덧 추모 공원이었다. 건물 안으로 들어가니 무수한 유골함이 칸칸이 자리를 차지하고 있었다. 사람들은 죽으면 다 끝이라며 사는 게 덧없다고들 하지만, 저승에 와 보면 꼭 그렇지도 않았다. 삶은 천국행과 지옥행을 결정하고 어떤 모습으로 윤회할지를 판단하는 근거였다. 덧없다는 건, 인간의 삶에 끝이 있다고 생각하는 데서 오는 감정이 아닐까 싶었다. 늙은 나이까지 살아 보지 못한 나는 짐작만 할 뿐이지만.

이진의 이름이 적힌 유골함을 찾았다. 바닥에서 두 번째 줄이었다. 제대로 보기 위해 쪼그려 앉은 나는 하마터면 그대로 주저앉을 뻔했다. 유골함 옆에 이진의 드론이 놓여 있었다. 그날 분명 이진이 부숴 버렸는데…. 나는 유리문을 열고 드론을 꺼내 살폈다. 부서진 드론 조각들이 접착제로 고정되어 있었다. 칭찬스티커 북도 보였다. 투명 테이프로 이어 붙인 흔적이 역력했다. 드론 파편도 찢긴 칭찬스티커 북도 율민 부모의 집에 남아 있었을 테니, 서영재 박사가 한 일이 틀림없었다.

무슨 마음에서 했는지는 모르겠지만 헝클어진 생각을 푸는 실마리를 얻은 느낌이었다. 물건의 형태는 달라져도 의미는 바꿔지 않는다. 부서지고 찢어졌을지언정, 이진에게 저 물건들은 아빠와의 추억이며 약속이었다.

나는 수그렸던 허리를 세웠다. 어깨도 활짝 폈다. 똑같은 모양의 드론이라도 그걸 가진 사람이 다르다면, 그것들은 모두 세상에 하나밖에 없는 드론이다. 각각의 드론에는 서로 다른 기억이 담겨 있을 테니까. 칭찬스티커 북도 그렇다. 똑같은 종류의 칭찬스티커 북이라도 그 안에 채워진 칭찬이 다르다면, 어떻게 동일한 물건이라 할 수 있을까?

이진과 율민도 모습은 같지만 전혀 다른 아이였다. 꿈도 달랐고 친구를 사귀는 법에서도 차이가 있었다. 나도 마찬가지다. 내가 어떤 영혼이었든, 나는 나다. 내 영혼이 삼라만상에 태어나 존재한 건 변함없는 사실이다. 나는 독립된 존재로서 지금, 이 순간 분명히 여기에 있다.

이 사실을 깨닫자 위안받는 기분이었다. 내가 누구였는지 나는 여전히 모른다. 하지만 지금껏 '나'로서 살았다. 영혼일 때조차 천방지축이라는 소리를 듣고, 지는 건 절대 참을 수 없는 게 나다. 차기 염라대왕이 되겠다는 목표를 위해 물불을 가리지 않는 게, 나 염라희다. 그리고 구천소생촌과 이승에서 만난 인연들이 어느새 소중해진 것도 바로 나의 모습이다.

드론과 칭찬스티커 북을 제자리에 두는데, 개운해진 머릿속으로 문득 또 다른 깨달음이 밀려들어 왔다. 명부에 기록된 영혼이었는지보다, 우주의 한 존재로서 영혼의 유효 기간을 어떻게 잘 마무리하는지가 더 중요하다는 진실 말이다. 나는 깊게 숨을 내쉬고 유골함에 적힌 한이진이라는 글자를 똑바로 보면서 말했다.

"절대 포기하지 않을 거야."

✦ 가십에 담긴 진실

벌써 11월 중순이었다. 이진이 생전에 가장 아끼던 물건을 되찾았으니, 내가 할 수 있는 준비는 끝난 셈이다. 나는 녀석이 스스로 결심하기를 기다렸다. 그래야만 이승을 미련 없이 떠날 수 있을 테니까. 그리고 가능하다면 녀석이 윤회를 통해 누군가의 대용품이 아닌 고유한 영혼으로서 오롯이 존중받게 되기를 바랐다. 내가 염라대왕이 되면 반드시 그렇게 하리라.

"서율민!"

준석이 큰 소리로 이름을 불렀다. 그러더니 녀석에게 다가와 휴대전화를 내밀었다.

"완전 웃긴 얘기가 나돌고 있어. 봐 봐."

나도 자리에서 일어나 준석 곁에서 휴대전화를 쳐다보았다. 심장이 얼어붙는 듯했다. 한 게임 커뮤니티에 우리나라 생명공학 박사의 아들이 복제인간이라는 글이 올라와 있었다. 내가 물었다.

"이걸 왜 율민이에게 보여 주는 거야?"

"댓글에서 이 사람이 율민이 아버지인 서영재 박사라잖아. 나 참, 어이없네. 근데 이거 기사도 났어. 신빙성 떨어지는 인터넷 신문이긴 하지만."

녀석은 준석의 휴대전화를 가져가 게시글부터 댓글까지 하나하나 꼼꼼히 다 읽었다. 나도 휴대전화를 꺼내 준석이 말한 게시글과 기사를 확인했다. 아이들이 같은 글을 찾아보며 웅성거리는 낌새가 느껴졌다. 그러나 나는 눈길을 주지 않고 기사를 마저 읽어 내려갔다. 기사의 마지막에는 "소문의 당사자인 A박사에게 사실 여부를 확인한 결과, 해당 보도는 가짜 뉴스라는 입장을 밝혔다."라고 쓰여 있었다.

녀석이 갑자기 일어나 가방을 챙겼다.

"뭐 해?"

분명 준석의 물음을 들었을 텐데 녀석은 아무 대답 없이 가방을 메고 교실 밖으로 나가 버렸다. 나도 얼른 가방을 챙겼다.

"염라희 넌 또 뭐야?"

"지금까지 그토록 말했는데 아직도 입 아프게 말해야 해? 나, 차기 염라대왕."

"아직도 그 말을 하는 거야? 너 참 일관성 있다. 물론 그게 마음에 드는 점이지만. 그리고…."

준석의 말을 더 들을 시간이 없었다. 나는 녀석의 뒤를 쫓아 뛰었다. 녀석의 걸음이 빨라서인지, 각종 염라대왕 시험을 통과

한 내 실력도 이제 무뎌지고 있는 것인지, 녀석을 따라잡기가 버거웠다. 하지만 지하철역으로 들어가는 녀석을 놓치지 않았다. 승강장으로 내려가니 녀석이 지하철을 기다리고 있었다. 나는 녀석의 옆으로 다가갔다.

"어떻게 알고 저런 기사가 났을까?"

"내가 커뮤니티에 올렸으니까. 언론에 제보한 것도 나고."

태연히 말하는 녀석을 보자니 울화통이 터졌다. 심지어 녀석은 자기가 원하는 언론사에서 기사화하지 않아 안타깝다는 말도 덧붙였다. 점점 분노가 일었다.

"정말 못됐구나."

"염라대왕이 재판하는 영혼 중에 나보다 못된 영혼도 많을 텐데, 뭘 이 정도 가지고 그래?"

생글생글 웃는 얼굴이 얄미웠다. 나도 모르게 비꼬는 말이 나왔다.

"그런데 네가 낸 소문이라면서 왜 갑자기 집에 가는 거야? 설마 아이들의 반응에 상처받은 거라면 꽤나 실망인데."

"당연히 널 실망시킬 순 없지. 그래서 가는 거야. 아빠가 지금 전부 헛소문이라고 못 박아서 말이야."

녀석이 말을 멈췄다. 웃음기 가득했던 얼굴이 순식간에 싸늘해졌다. 녀석은 잠시 입술을 일그러뜨리더니, 매서운 눈빛으로 말을 이었다.

"그걸 따지러 가는 거야. 분명 아빠에게 나를 막으려면 소중한 것을 걸어야 한다고 말했는데도 듣질 않아. 내가 그렇게 우스운가 봐. 아빠 마음에 율민이밖에 없다는 게 참을 수가 없어. 지금도 그래. 율민이를 지키려고 언론에 거짓말을 한 거잖아."

녀석이 저승행을 스스로 결심하기를 기다렸던 내가 안일했다. 이제 방법이 없는 걸까. 녀석을 강제로 저장 장치에 담아야 하나. 그러려면 미스터 점, 떼굴이, 골골해골이 모두 힘을 합해 녀석의 의식을 눌러 702호로 데려와야 한다. 아마 큰 소동이 일어나겠지. 문득 접착제로 이어 붙인 드론과 칭찬스티커 북을 추모 공원에서 봤다는 말을 녀석에게 전하지 않은 게 잘한 선택 같았다. 지금 녀석의 행동으로 봐서는 다시 부숴 버릴 테니까. 내가 물었다.

"어떻게 따질 건데?"

"진실을 밝히라고 할 거야. 내 사진과 율민이 사진, 그리고 내 사망 신고서를 사람들에게 공개하라고 요구할 거야. 한이진이라는 존재가 세상에 알려지도록 말이야."

"영혼이 합일되면 자연 발화가 돼. 그건 영원한 소멸이야. 무섭지 않아? 하나의 영혼으로서 존중받을 기회를 놓치는 거야."

"무섭지… 않아. 복제품으로 태어나 부모에게도 존중받지 못했는데, 영혼으로서 존중받아서 뭐 하게?"

녀석은 완고했다. 폭주할 각오를 한 녀석의 모습에서 비장함

마저 엿보였다. 절망적인 상황이었다. 그래도 끝까지 설득하고 싶었다. 사명부에 존재하지 않는 영혼으로서, 윤회 한 번 해 보지 못한 재수 오지게 없는 영혼으로서, 그러므로 태생부터 '정상'이라는 단어와 멀었던 존재로서, 어떻게든 녀석의 마음을 돌려 보고 싶었다. 포기하기 싫었다. 내가 소멸을 두려워하는 것처럼, 녀석도 소멸되는 순간이 무서울 게 분명했다. 후회하리라고 확신했다.

"너는 너야. 너와 율민이는 엄연히 다르다고! 너는 애니메이션 감독이 되고 싶었고 친구도 많았어. 매운 음식을 좋아하고 아이스크림에 환장하잖아. 고양이를 사랑하고 강아지도 예뻐한 게 너야. 그렇지만 율민인 안 그래. 파일럿이 되고 싶어 했고 성격이 곰살맞지 못해서 친구도 별로 없더라. 매운 음식은 잘 못 먹고 단 건 쳐다보지도 않지. 그리고 걘 고양이를 무서워해. 그 덩치에 고양이 보고 놀라서 자빠진 걸 너도 율민이 몸에서 봤잖아. 너희 둘은 달라. 그러니 나는 네가 한이진으로서 삶을 마치고 다시 윤회했으면 좋겠어."

녀석의 표정이 미묘하게 변했다. 당황한 듯 보였지만 정확하지는 않았다. 지하철이 도착했다. 녀석은 말없이 지하철을 타고는 내릴 때까지 한마디도 하지 않았다.

"설마 우리 집에 들어가게?"

701호 앞에 서 있는 나를 본 녀석이 황당해 보이는 표정으로 물었다.

"어."

"이건 나와 아빠의 문제야."

"내 문제이기도 해. 너를 데려가지 못하면 나도 사라지거든. 나는 차기 염라대왕 후보들 중에 점수가 꼴찌였어. 왜 꼴찌였는지 알아? 윤회를 해 보지 못해서야. 윤회 경험이 없어 영혼에 대한 이해도가 떨어졌거든. 다른 후보 선학들은 나를 따돌렸어. 사명부에 없는 영혼은 뿌리 없는 존재라고 하더라. 그런데 네가 영혼 합일로 소멸해 버리면, 나도 따돌림받고 멸시당한 억울함을 품은 채 그저 한 방울의 물로 변하게 돼. 그럴 수는 없어. 나는 네 소멸을 막고 차기 염라대왕도 될 거야."

내가 고래고래 소리를 질렀다. 그러자 701호와 702호의 문이 동시에 열렸다.

"들어와라."

율민 엄마가 문을 열었다. 녀석은 나를 한 번 노려보고는 안으로 들어갔다. 나도 따라 들어갔다. 일부러 문을 열어 두어 세 위가 복도에서 나를 볼 수 있게 했다. 거실에 있던 서영재 박사가 녀석을 보고 물었다.

"인터넷에 뜬 기사, 혹시 네가 보낸 거니?"

"난 잘못 없어요. 분명히 소중한 걸 걸라고 했잖아요. 아빠가 그 말을 지키지 않은 건 서율민이 더 소중하다는 뜻이겠죠? 나는 대용품이니까 어떻게 되든 상관없다는 말이기도 하고요."

"이진아!"

녀석이 움찔했다. 그 순간 서영재 박사는 오직 이진의 아버지로서 자식을 부르고 있었다.

"너도 소중했어. 다만 그때는 나도 어떻게 해야 할지 몰랐을 뿐이야."

"그래서 말해 줬잖아요. 제일 소중한 걸 거세요. 기자들을 불러 모아 당신이 아들의 복제인간을 만들었다고 밝혀요. 그러면 믿어 줄게요."

"그것만은 안 돼. 율민이를 지키려고 했던 건데, 도리어 다치게 할 수는 없잖니."

"서영재 박사님! 끝까지 이런 식이죠? 저도 어쩔 수 없네요. 개랑 같이 사라져 줄게요!"

녀석이 빽 소리를 질렀다. 얼마나 악을 쓰는지 얼굴이 붉어지다 못해 귀까지 빨개졌다. 달려들기 직전의 투견마냥 자기 아빠를 노려보았다.

"이진아 제발…."

율민 엄마가 울먹이며 녀석의 손을 잡고 애원했다. 그런데 가만 보니 율민의 행동에 이상한 점이 있었다. 영혼이 합일되면 어차피 자연 발화로 사라진다. 굳이 일을 만들 필요가 없었다.

다가오는 동짓날까지 적당히 율민인 척하다 보면 시간이 알아서 존재를 지워 버릴 터였다. 그런데 녀석은 시간이 지나길 기다리지 않고 일을 더 키웠다. 왜일까?

서영재 박사가 입을 열었다.

"이진아, 다른 방법은 없겠니? 네 요구는 들어줄 수 없어. 율민이가 같은 부탁을 했더라도 마찬가지였을 거야. 너를 걸 수는 없으니까. 복제인간을 만들었다는 사실을 밝히지 않으려는 이유는 율민이를 위해서만은 아니란다."

"거짓말하지 마세요."

"나는 내 아들이 이런 식으로 사람들의 이목을 끄는 게 싫단다. 율민이도 너도, 또 네 엄마도 이 사실이 알려지면 큰 고통을 겪을 거야. 내 선택은 잘못된 거였고 네 엄마와 너를 끝까지 지키지도 못했어. 그런데 진실을 밝히면 모두가 괴로워질 결말이잖니. 나는 그러고 싶지 않단다. 무엇보다 네 영혼을 편히 쉬게 해 주고 싶구나."

"그럴싸한 변명을 하시네요. 그 말을 믿을 줄 아시나 본데, 나는 속지 않아요."

녀석은 벽창호였다. 자신을 붙잡는 율민 엄마의 손을 뿌리치며 선언하듯 말했다.

"이 사실을 폭로하는 영상을 찍어 인터넷에 올릴 거예요. 소중한 걸 걸지 못해 아빠 인생이 끝나는 거니, 나를 원망하지는 마세요."

녀석은 현관 쪽으로 걸어가다 걸음을 멈췄다. 이진 엄마가 마주 서 있었다. 나는 안도했다. 여기 오는 길에 이진 엄마에게 율민이네 집으로 와 달라고 문자 메시지를 보냈었다. 늦을까 봐 걱정했는데, 타이밍이 괜찮았다.

녀석은 자기 엄마 손에 들린 드론과 칭찬스티커 북을 보았다. 놀람과 원망이 뒤엉킨 표정이 얼굴을 스쳤다. 이진 엄마가 물건들을 바닥에 내려놓았다. 나는 물건들 가까이 다가갔다. 녀석이 또 망가뜨리려 하면 품에 안아 지킬 요량이었다.

"네 아빠가 너 생각하며 복구했어."

이진 엄마의 말에 녀석의 눈빛이 흔들렸다. 예상치 못한 상황이라 그런 듯했다. 역시 녀석에게 숨기길 잘했다고 생각했다. 이진 엄마가 이어서 말했다.

"엄마도 내 아들이 복제인간이었다는 사실이 알려지는 게 싫어. 이진이 너는 내게 복제인간이 아니었거든. 그냥 한이진이었어. 너는 대파와 콩나물 넣은 라면을 좋아하는 평범한 아이였고, 가끔 심야 영화를 같이 보러 가 주는 친구 같은 자식이었어. 너는 서율민의 복제품이 아니야. 그러니 내 아들 이진아, 이제 네 아빠와 율민이를 그만 미워해. 엄마는 네가 미움을 품고 있는 것도 너무 속상해. 그 미움 때문에 율민이인 척하며 지내는 게 마음 아파서 심장이 갈가리 찢기는 것 같아."

이진 엄마가 눈물을 흘렸다. 녀석은 자기 엄마에게 다가가는가 싶더니 바닥에 놓인 드론과 칭찬스티커 북 앞에 쪼그려 앉았다. 그러고는 드론의 날개와 스티커 북의 끄트머리를 매만졌다. 나는 조마조마했다. 녀석이 물건들을 찢고 부수면 더는 방법이 없었다. 마음을 졸이면서 녀석의 분노가 가라앉기만을 바랐다.

"이거 붙일 때 나를 생각했어요?"

"내내 마음속으로 사과했단다."

서영재 박사의 대답을 들은 녀석이 자기 엄마에게 물었다.

"내가 사라지면 엄마가 너무 외롭잖아. 많이 힘들 텐데, 괜찮겠어요?"

"사라진다고 생각하지 않아. 엄마 아들로 또 태어나 줘. 그때는 네가 아이를 낳고, 내가 하얗게 머리가 센 할머니가 될 때까지 오래오래 행복하게 같이 살자. 그러니까 이진아, 이제 그만 그 몸에서 나와 쉬렴. 네가 원망을 품고 떠나지 말았으면 해."

녀석은 자리에서 일어나 신발을 신었다. 어디로 가려는 걸까.

"어디 가니?"

"알아서 뭐 하시게요?"

율민 엄마가 묻자, 녀석은 퉁명스럽게 대답하고는 나가 버렸다. 아무도 녀석을 붙잡지 못했다. 가슴이 타들어 갔다. 나는 허리를 굽혀 드론과 칭찬스티커 북을 끌어안았다. 서영재 박사가 물었다.

"방법이 없는 거니?"

"드론과 칭찬스티커 북을 찾았으니 강제로 데려갈 수 있을 거 같아요. 동지가 되기 전에 이진이를 데려갈게요."

"이진이를 부탁할게."

나는 고개를 끄덕이며 현관문을 나섰다. 바로 옆 702호 거실로 들어서자마자 골골해골이 물었다.

"어떻게 할 거야?"

"영혼 분리식 준비해 줘. 차기 염라대왕의 엄격함을 보여 줘야 하지 않겠어?"

나는 억지로 웃었다. 마음이 아팠다. 녀석을 설득해서 데려가는 것이 불가능해졌음을 받아들여야 했다.

녀석은 사흘째 집에 들어오지 않았다. 율민의 부모는 어쩔 줄 몰라 했다. 율민 엄마가 실종 신고를 해야겠다고 나서자, 서영재 박사가 주말까지만 기다려 보자고 했다. 그렇게 토요일이 되었다. 점심때 즈음 가영에게서 연락이 왔다. 녀석이 찾아왔다고 했다. 나는 율민의 부모에게 소식을 전한 뒤, 서둘러 가영의 집으로 갔다.

녀석이 여기 나타난 것은 고양이를 위한 겨울 집을 만들어 주기 위해서였다. 새 저장 장치를 구하러 가영에게 갔을 때, 가영이 그 말을 전해 달라고 했었는데…. 그 후로 여러 사건이 터

지며 까맣게 잊었었다. 그런데 녀석이 스스로 찾아가다니! 가영이 했던 말처럼, 고양이를 정성껏 돌봐 온 가영과 이진의 마음이 통한 걸까? 아니면 녀석이 집을 나가 보니 길고양이 생각이 난 것일지도 몰랐다.

"얼른 시작하자."

가영이 바닥에 널브러져 있는 스티로폼 상자를 집으며 말했다. 가영은 상자 안을 깨끗이 닦고는 안팎을 줄자로 재더니 포스트잇에 숫자를 적어 붙였다. 손놀림이 거침없었다.

나는 녀석의 눈치를 살피며 가영을 도왔다. 자투리 단열재 두 겹을 붙여 입구에 덧댔다. 스티로폼 상자 앞에 입구로 들어가는 터널이 만들어졌다. 가영은 단열재를 상자 전체에 붙이고, 에어캡으로 상자 위를 덮어 마무리했다. 마지막으로 입구에도 에어캡을 커튼처럼 달았다.

"단열재로 꼼꼼히 둘러싸야 겨울을 나는 동안 걱정이 없어. 이제 바닥에 담요만 놓으면 되겠다."

녀석은 가영의 설명에 따라 부지런히 집을 만들었다. 셋이 함께하니 열 개의 고양이 집을 만드는 일이 생각보다 금방 끝났다. 가영이 두꺼운 유성 사인펜으로 스티로폼 위에 글씨를 적었다.

깨끗하게 관리하겠습니다. 치우지 말아 주세요. 부탁합니다.

그 문장을 읽으니 가영의 맑은 영혼이 보이는 듯했다. 무엇으로 태어나든 다음 생에는 더 좋은 일이 많이 생길 거라고 확신했다. 그때 녀석이 내게 물었다.

"길고양이는 어떤 영혼이야? 고양이도 윤회하나?"

녀석이 이런 질문을 하는 건 뜻밖이었다.

"모든 영혼은 똑같아. 그러니 고양이도 윤회하지. 특히 길고양이는 집이 아닌 거리에서 힘들게 사니까 업장이 좀 더 빨리 소멸해서 더 좋은 환경에서 태어날지도 몰라. 만약 다시 고양이로 태어난다면 인간에게 사랑을 듬뿍 받을 거고. 또는 하루살이로 태어나 업장을 빨리 소멸할 기회를 얻든가 하겠지."

"하루살이가 극한 생명체인가 보네."

"길어야 2주일 사니까. 그 짧은 생조차 제대로 살아 보지 못하고 잡아먹히거나 인간 손에 죽기도 하잖아."

나는 대답을 하면서도 녀석이 묻는 말의 의미를 찾으려 머리를 굴렸다. 혹시 윤회에 대해 생각하는 건가. 아니면 하루살이에 빗대어 자기가 살았던 시간을 되새겨 보는 걸까. 둘 다 헛짚은 것일 수도 있었다. 녀석이 또 물었다.

"차기 염라대왕이면 이런 선행을 안 해도 되는 거 아니야?"

"염라대왕이 선행을 하는 건 더 나은 윤회를 위한 행위라기보다 소양을 쌓는 것에 가까워. 나도 차기 염라대왕으로서 소양을 쌓는 중이랄까, 뭐 그런 거야."

"염라대왕 이야기가 너무 자연스러운 거 아니니? 난 솔직히 아직도 믿기지 않거든. 꼭 전래동화에 나올 법한 이야기잖아."

가영이 끼어들자 녀석이 슬그머니 웃더니 목소리를 큼큼 가다듬고는 말했다.

"전래동화에 나오는 염라대왕 이야기가 완전히 지어낸 말은 아닐 거야. 인간이 무언가를 본 적이 있으니 비슷하게 상상하는 거겠지. 그나저나 요즘에도 고양이 간식 가게에 자주 가? 우리 처음에 거기서 수제 간식 샀을 때 진짜 행복했는데."

가영과 녀석, 둘만 아는 이야기였는지 놀란 가영의 눈이 커졌다. 막상 죽은 영혼과 대화한다고 생각하니 입이 떨어지지 않는 모양이었다. 가영은 아무 대꾸도 못 하고 눈만 껌벅였다. 나는 녀석이 더 숨어들지 않아 다행이라고 생각하며 가영에게 물었다.

"계속할 수 있겠어? 혼자 밥 주려면 힘들 텐데. 할머니도 그만하라고 하시지 않아?"

"비와 눈을 피할 집이 있고 밥도 굶지 않으니 우리는 걱정할 게 없지만, 얘들은 챙겨 주지 않으면 죽을 수도 있으니 잘 돌봐 주라고 하셨어. 길고양이 중엔 유기묘가 많아. 처음엔 예쁘다고 데려가 놓고, 관리하기 귀찮아지면 몰래 버리는 경우지. 할머니는 고양이가 사나워지는 건 사람이 보살피지 않아서라고 말씀하셨어."

"그게 무슨 뜻이야?"

"길고양이는 인간이 버려서 생기는 거잖아. 길고양이 입장에서는 얼마나 슬프겠어. 버려지는 것도 서러운데 동시에 낯선 환경에 놓이는 거잖아. 게다가 고양이는 영역 동물이야. 갑자기 길거리에 버려진 고양이는 자기 영역을 만들기 어려워. 결국 외톨이로 지내다가 추위와 배고픔, 적의 위협에서 살아남기 위해 사나워질 수밖에 없어. 그러다 보면 인간에게 미움받는 신세로 전락하게 되는 거고. 너무 슬프지 않아? 길고양이들은 고양이 무리뿐만 아니라 인간에게도 외면받는 존재라는 게."

나는 뒤통수를 한 대 얻어맞은 듯 멍해졌다. 이진이 이렇게 된 게 녀석 탓이 아니라는 말처럼 들렸다. 그동안 나는 차기 염라대왕 자리만을 바라보며 녀석을 설득해 데려가려고만 했지, 녀석을 깊게 이해해 볼 생각은 하지 않았다. 아니, 이해하려고는 했다. 그러나 나와 비교하며 녀석을 판단했을 뿐이다. 한 영혼으로서 녀석이 이승에서 보낸 시간이 어땠을지 헤아려 본 적은 없었다. 그냥 윤회 한 번 못 한 나만 가여웠고, 스무 살도 살지 못한 내 삶만 불쌍했다. 스스로를 비운의 주인공처럼 여겼다.

가영의 말을 듣고서 비로소 내가 놓친 게 무엇인지 알 수 있었다. 지금 녀석은 누군가를 위해 태어났다는 슬픔뿐만 아니라, 버려진 존재로서의 아픔에 짓눌려 있었다. 미처 거기까지는 생각하지 못했다. 그저 부모의 사랑이 아닌 대용품으로 태어난 존재로서 서글픔만 가늠했을 뿐이었다. 부모에게 버려지고 외면받은 존재로서의 감정 따위는 살피지 못했다. 아마 녀석은 슬픔과 분노라는 단어로 담아내기도 어려운 복잡 다단한 마음이겠지. 자기 혐오도 있을 테고 세상 누구에게도 진정으로 사랑받지 못할 것이라는 두려움도 가지고 살았으리라. 어찌 내가 그 마음을 다 헤아릴 수 있을까. 나는 무슨 말을 꺼내야 할지 몰라 입을 다물었다. 침묵을 깬 건 녀석이었다.

"가영이 네가 앞장서. 라희하고 내가 뒤를 따를게."

가영이 고개를 끄덕였다. 우선 고양이 집을 각자 두 개씩 들고 나간 후에 나머지는 다시 와서 가져가기로 했다. 가영이 집 두 개를 위아래로 쌓더니 두 팔로 안아서 들고 나갔다. 녀석과 나도 따라 움직였다. 늘 가던 도서관 근처 실외기 쪽에 하나, 공원 밖 숲속 한구석에 또 하나를 놓았다. 그 모습을 보는 내내 울컥했다. 마음속에 맴돌던 말이 툭 하고 튀어나왔다.

"미안해."

녀석이 나를 쳐다보았다. 한번 말을 꺼내고 나니 멈추지 않고 계속 나왔다.

"이진이 네 마음을 생각해 보지 못했어. 널 저승에 데려가서 염라대왕이 되는 데에만 정신이 팔렸었거든. 그런데 지금은 달라. 네가 어떤 마음인지, 왜 이런 선택을 했는지 조금은 알 것 같아. 그래도 이진아, 나는 너를 데리고 갈 거야. 어쨌든 이 우주에서 너는 하나뿐인 영혼이잖아. 절대 포기하지 않고 너를 데려가서 기필코 윤회시킬 거야. 네가 온전히 하나의 영혼으로서 누려야 할 것들을 마땅히 누리게 해 주고 싶거든. 그러니까 나를 한 번만 믿어 줘."

감정이 걷잡을 수 없이 휘몰아쳤다. 누군가 내 심장을 꽉 쥐고 흔드는 듯했다. 녀석은 무표정한 얼굴이었지만, 상관없었다. 어차피 내 이야기를 듣고 있을 테니까. 가만히 있던 가영이 입을 열었다.

"이진아, 라희 말이 맞아. 여기에서 이러고 있는 거 괴롭잖아. 동물이든 사람이든 힘든 모습을 보면 그냥 지나치지 못하는 네가 왜 스스로를 괴롭히고 그래. 이젠 너도 편안해졌으면 좋겠어. 그러니까 그만해. 라희 따라가. 저승에 가서 행복할지는 모르겠지만, 지금보다는 낫지 않겠니?"

가영이 잠시 말을 멈췄다. 숨을 거칠게 토해냈다. 그러고는 손을 올려 뺨을 닦더니 입을 열었다.

"그리고 나도 이진이 네게 꼭 하고 싶은 말이 있어. 진심으로 고마웠어. 네가 있어서 외롭지 않았고 더 단단해질 수 있었어. 나도 행복해질게."

녀석의 눈에 눈물이 그렁그렁 맺혔다. 가영의 뺨에도 눈물이 다시 흐르고 있었다.

고양이 집을 만들어 준 날, 녀석은 집으로 돌아왔다. 그리고 그날 이후 묘하게 분위기가 바뀌었다. 위태로운 느낌이 사라졌다고나 할까. 준석은 율민에게 고민이 생겼다고 생각하는 모양이었다. 무슨 일이냐고 꼬치꼬치 묻는 대신에 녀석의 기분을 풀어 주려고 응원을 실은 농담을 자주 건넸다.

"내가 보기에 너는 지금 철이 드는 중인 것 같아. 이 형님이 곁에 있으니까, 네 편이 필요하면 말해."

나는 여전히 녀석의 속내를 짐작하기 어려워 답답했다. 그래도 이제는 강제로 데려가고 싶지 않았다. 이왕이면 녀석의 동의를 얻은 뒤에 함께 떠나고 싶었다. 이승에 미련이 남는 거야 어쩔 수 없겠지만, 노여움에서 벗어나 조금이라도 자신의 존재를 긍정하게 되기를 바랐다. 그러는 동안 시간은 계속 흘렀다. 12월도 열흘이나 지났다. 이제 날을 잡아야만 했다.

"같이 가."

지하철에서 내려 집으로 향하는 녀석의 뒤를 바짝 따라붙었다. 녀석은 역시 내가 그러거나 말거나 말 한마디 없이 앞만 보고 걸었다. 생각이 많아 보였다. 나는 속으로 '제발 좋은 결정을 해라.' 하고 주문을 외웠다.

어느덧 아파트 입구에 다다랐다. 그때 경비실 앞에 서 있던 남자가 우리를 향해 빠르게 걸어왔다.

"서영재 박사님 아드님이시죠?"

"누구시죠?"

남자는 주머니에서 무언가를 꺼내 건넸다. 명함이었다. 녀석 옆에 붙어 명함을 봤다. 신문사 기자였다.

"아빠에게 전해 드릴게요."

"그럼 네가 서율민이겠구나. 박사님에게 연락할 필요는 없어. 너를 인터뷰하려고 온 거니까."

인터넷에 올라온 글을 보고 찾아왔음을 직감으로 알아차렸다. 이 기자가 이진에 대해서도 알고 있을까? 녀석도 당혹스러워 보였다. 자기가 저지른 일이 이런 식으로 자기에게 영향을 미칠 줄 몰랐던 듯했다.

"잠깐이면 돼. 복제인간이라는 아이에 대해 너도 알고 있는 게 있니?"

녀석의 얼굴이 굳어졌다.

"그런 건 아빠에게 물어보세요."

"나도 들은 게 있어서 온 거야. 한이진이 누구니?"

신문사에서 사람 하나 찾아내는 건 일도 아니구나. 이 기자가 어디까지 아는지, 다른 언론에서도 주목하고 있는지 불안해졌다.

"이런 일이 있을 줄은 알았지만 그래도 실망스럽군요. 기자시라면 미성년자 취재는 부모의 허락을 받아야 가능하다는 걸 아실 텐데요."

기자 뒤에서 서영재 박사가 나타나 우리 옆으로 다가왔다. 운동복 차림이었다. 하교 시간에 맞추어 일부러 집 주변을 돌아다닌 듯했다.

"서영재 박사님이시구나. 그러면 같이 인터뷰 부탁드립니다. 지금 모 기업이 대규모 투자를 받으려고 서영재 박사님의 연구 결과를 내세워 복제인간에 관한 소문을 퍼트리고 있다는 정보가 있거든요."

"사실이 아닙니다. 그리고 더 할 말 없습니다."

"한이진 학생을 찾아가 볼까 하는데요."

기자가 협박했다. 적어도 내게는 그렇게 보였다. 서영재 박사는 굳은 얼굴로 기자를 노려보다가 대답했다.

"이진이를 찾아가면 내가 고소할 겁니다."

"고소가 두려우면 기자가 아니죠."

서영재 박사는 잠깐 시선을 떨구었다가 이내 기자를 정면으로 바라보았다. 그러고는 결심이 선 듯 입을 열었다.

"이진이는 내 아들입니다. 형제이니 당연히 얼굴이 닮았을 테죠. 성이 다르다 보니 이런저런 말이 돌았던 거고요. 이제 아셨죠? 그러니 그만 돌아가세요."

놀란 표정도 잠시, 기자의 입꼬리가 올라가고 있었다.

"제 예상이 맞았군요. 우리나라 생명공학 분야 최고 권위자의 혼외자라…."

"기사를 내도 좋습니다. 그렇지만 아이들의 실명을 밝히면 명예훼손으로 고소할 테니 그리 아세요. 나는 비난받아도 상관없지만, 아이들 이름이 오르내리는 건 용서 못 합니다."

서영재 박사는 그 말을 뱉은 뒤, 녀석의 손을 잡고 몸을 홱 돌려 아파트 문으로 걸어갔다. 솔직히 나는 많이 놀랐다. 연예계나 정치계만큼은 아니겠지만, 학계도 나름 사회적 체면을 중시하는 분야다. 혼외자의 존재를 인정하면 도덕성에 타격이 있을 터였다. 녀석을 쳐다보니 좀 전의 자기 아빠처럼 얼굴이 굳어 있었다.

우리는 엘리베이터 버튼을 누르고 기다렸다. 서영재 박사는 여전히 녀석의 손을 잡고 있었다. 어색한 침묵이 이어졌다. 곧 엘리베이터가 도착했고 내가 먼저 탔다. 그런데 두 사람이 들어오지 않았다. 서영재 박사가 망설이는 느낌이었다. 나는 열림 버튼을 누른 채 두 사람을 기다렸다. 서영재 박사가 엘리베이터 안으로 한 발을 내디뎠다. 잡은 손이 움직이자, 녀석도 무겁게 발을 뗐다. 두 사람이 들어온 것을 확인한 나는 손을 내렸다. 천천히 문이 닫혔다. 그리고 그때 서영재 박사가 입을 열었다.

"미안하다, 이진아."

✦ 그만 갈래

우리는 7층에서 내렸다. 나는 701호로 들어가려는 녀석과 서영재 박사에게 고개만 까닥여 인사한 뒤, 702호의 문을 열었다. 맛있는 냄새가 코를 자극했다. 주방으로 가 보니 식탁에 햄버거, 피자, 치킨, 떡볶이가 가득 놓여 있었다.

"이승을 떠날 날이 얼마 남지 않았잖아."

잔뜩 시킨 배달 음식이 민망했는지 골골해골이 어색하게 미소를 지으며 변명했다. 방금까지 당황스러운 상황이었는데도 불구하고, 나는 음식을 보자마자 머릿속을 채운 고민을 잠시 접어 두고 의자에 앉았다.

"처음에는 소독약 냄새가 나서 햄을 싫어했는데, 지금은 너무 맛있어."

"나도. 이러다 골골해골이 아니라 뚱뚱해골이 될 거 같아."

떼굴이의 말에 골골해골이 맞장구쳤다. 골골해골의 말은 우리끼리 통하는 농담 같은 거였다. 영혼은 아무리 먹어도 살이 찌지 않는다. 영혼에게는 모든 음식이 제로 칼로리인 셈이다.

나는 골골해골의 농담을 알아챘다는 신호로 눈짓을 해 보이고는 햄버거를 크게 한입 베어 물었다. 애피타이저답게 두세 입만에 사라졌다. 먹음직스러운 토핑이 수북이 올라간 피자 네 판도 금세 먹어 치웠다. 떡볶이는 미루어 뒀다. 입가심용이니까. 나는 손을 뻗어 치킨을 집었다. 미스터 점도 닭 다리를 잡고 뜯었다. 그리고 내 눈치를 보며 물었다.

"어떻게 할 거야? 녀석의 마음이 움직이는 것 같아?"

"모르겠어. 그런 것 같기도 하고, 아닌 것 같기도 하고. 일단 생각 정리부터 해야겠어. 막상 날을 잡으려니까 마음이 불편하네. 그래도 마냥 늦출 수는 없으니 조만간 날짜를 정해서 알려줄게."

미스터 점이 조심스레 물었다.

"영혼 분리식을 동짓날 하면 어때? 물론 그날 실패하면 더 이상 기회가 없으니 부담스럽겠지만 말이야."

미스터 점의 말에 대답하지 않았다. 나도 동지를 염두에 두기는 했다. 동지에는 태양이 죽음을 맞는다. 인간의 눈에는 동지 전과 후의 태양이 똑같아 보이겠지만, 실제로는 아니다. 동지가 지나고 나면 새로운 태양이 죽음에서 부활한다. 그래서 기존의 태양이 사그라들기 직전인 동지에 음기가 가장 세다. 반대로 동지가 지나고 나면 새롭게 태어나는 태양의 기운이 강해져 우리 같은 영혼들은 점점 힘을 잃는다.

"생각해 볼게."

나는 서영재 박사가 이진에게 사과하던 장면을 떠올리며 치킨 조각을 하나 더 집었다. 그때였다. 휴대전화 진동이 울렸다.

> 그만 갈래. 준비해 줘.

나는 벌떡 일어나 말했다.

"녀석이 간대."

세 위가 먹던 걸 멈추고 놀란 눈으로 나를 쳐다보았다. 나는 얼른 답장을 보냈다.

> 마음 바꾸면 안 돼.

> 그럴 일 없을 거야.

녀석이 저승으로 가겠다고 했다. 이건 곧 문제가 해결되었다는 뜻이다. 그런데 이상했다. 기쁘기보다는 마음이 아렸다.

"가능한 한 가장 빠른 날을 잡아 보는 게 좋을 것 같아. 이미 너무 오래 지체했어. 동지 전에 영혼 합일이 일어날 수도 있잖아. 녀석이 평범한 영혼은 아니니까."

세 위는 고개를 끄덕였다.

의식을 치를 준비를 했다. 집 안의 모든 암막 커튼을 치고 촛불을 켠 다음 향을 피웠다. 그리고 녀석이 잠들기를 기다렸다. 녀석을 여기로 부르지 않은 건 스스로 가겠다고 했기 때문이었다.

나는 율민의 부모와 이진 엄마에게 오늘 영혼 분리식을 할 것임을 미리 알렸다. 그러면서 신기한 현상이 감지되더라도 놀라지 말고, 이곳에 오고 싶겠지만 참아 달라고 이야기했다. 이 공간에 남는 자와 떠나는 자의 감정을 얽히게 하고 싶지 않아서였다. 떠나야 하는 영혼이 자꾸 뒤돌아볼 수도 있으니까. 미련이 없을 수야 없겠지만 마음에 묻고 가는 편이 나았다.

"세 위는 각자의 위치에서 기다려 줘."

"알았어."

떼굴이와 미스터 점이 현관 옆에 앉았다. 골골해골은 내 옆에 서서 삼다수를 컵에 따랐다. 나는 그 물을 마셔 영혼을 정화했다.

"그럼 시작할게."

골골해골이 죽대와 무구를 가져와 내 앞에 놓았다. 그리고 옆에 놓인 제기에 삼다수를 따랐다. 나는 제기에 손을 갖다 댔다. 골골해골이 제기를 가져가 향 위에서 두 번 돌리고는 제례 상 정중앙에 놓았다.

"후."

나는 짧게 심호흡을 하고 제례 앱을 켰다. 거실에 별자리 홀로그램이 흩뿌려졌다. 나는 오리온자리를 찾아 그 앞에 섰다. 제례 앱 센서가 나를 인식하더니, 오리온자리 중심부에 있는 세 개의 별인 삼태성을 작동시켰다. 그러자 첫 번째 별이 드론과 칭찬스티커 북 위로 다가가 빛을 냈고, 두 번째 별이 내 발 아래에서 물길을 만들어 제례수를 흘려보냈다. 마지막으로 세 번째 별이 현관에서 내가 서 있는 데까지 붉은 꽃길을 만들었다. 나와 세 위는 삼태성이 만들어 낸 홀로그램을 경건하게 지켜보았다. 나는 다시 한번 호흡을 가다듬고 또박또박 주문을 읊었다.

"저승을 다스리는 염라대왕이시여, 명부에 없는 영혼을 데려갑니다. 지금부터 그 혼을 부르려 하오니, 부디 두려운 마음 없이 이 자리로 오도록 도와주십시오. 마구니가 다가오지 못하도록 문전신께 막으라고 일러 겹겹이 쌓인 문을 통과할 수 있게 해 주십시오. 그리하여 이 자리에 혼이 무사히 도착하도록 굽어살피고 또 살펴 주십시오. 또한 떠나는 여정이 슬프고 추울 수 있으니 따뜻한 촛불 하나 내주시기를 바랍니다."

내가 죽대를 딱딱 내리쳤다. 미스터 점과 떼굴이가 딱딱이는 장단에 맞춰 북소리를 냈다. 엄숙한 울림이 커져만 갔다. 제례의 모든 의식이 제대로 치러지고 있었다. 얼마 후 북소리가 잦아들자, 나는 부적을 향에 태우고 그 연기를 들이마셨다. 향의 향기가 부적의 냄새와 어우러졌.

움직이는 영혼의 기운이 희미하게 느껴졌다. 닫힌 문을 통과

해 조용히 들어서는 이진이 보였다. 정말 율민과 똑같았다. 나를 보는 녀석의 얼굴은 무표정했다. 들어오지 않으려고 애를 쓰지 않는 것만으로도 다행이라 여기며 나는 미소를 지어 보였다. 그런데 점점 다가오던 녀석이 걸음을 멈추더니 고개를 돌렸다. 자기 아빠 쪽을 돌아보는 건가. 나는 잠시 녀석을 지켜보다가 무구를 흔들고 죽대로 내 몸을 두드렸다. 그 순간 촛불이 확 타올랐다. 눈앞에 섬광이 번쩍였다. 나는 드론과 칭찬스티커 북에 물을 뿌리고 무구를 다시 흔들었다.

"이제 가자."

그 말을 들은 이진이 현관과 나 사이를 흐르는 물길에 자기 발을 담갔다. 그러자 물살이 거세지면서 녀석의 몸을 감싸고 용솟음쳤다. 물보라가 일며 물방울이 튀었다. 나는 숨을 참고 계속 무구를 흔들었다. 천장까지 일렁이며 멈출 것 같지 않던 물결은 점차 드론과 칭찬스티커 북 쪽을 향하더니 단숨에 그 안으로 쑥 들어갔다. 언제 물보라가 쳤느냐는 듯 사방이 잠잠해졌다. 여기저기로 튀던 물방울도 보이지 않았다. 그리고, 이진도 사라졌다. 물결과 함께 드론과 칭찬스티커 북으로 들어간 것이다. 나는 안도하며 두 물건을 끌어안았다. 이제 태블릿에서 삼도천까지 순간 이동을 해 주는 찰나 앱을 켜기만 하면 된다.

그런데 갑자기 무언가가 내 가슴을 강하게 밀어냈다. 육신의 고통 때문에 외마디 소리를 지르며 끌어안았던 드론과 칭찬스티커 북을 품에서 떼어 냈다. 드론이 다시 조각나 있었다. 드론에 붙어 있던 접착제가 물보라에 지워진 탓인 듯했다. 칭찬스티커 북도 이어 붙인 테이프 사이로 물이 스며들어 너덜거렸다. 이진은 어느새 다시 물길에 서서 나를 바라보고 있었다. 잠시 후 물보라가 녀석을 빨아들이기 시작했다. 녀석은 허우적대며 괴로워했다. 영혼이 숨을 쉴 리 없지만, 물에 잠겨 숨 쉬기 힘든 것처럼 보였다.

나도 모르게 녀석의 손을 잡았다. 녀석이 내 손을 꽉 쥐었다. 그런데 무엇인가 내 손을 물었다. 곧이어 나도 물길 사이로 빨려 들어갔다. 잡아당기는 힘이 엄청났다. 세 위가 놀라 자리에서 벌떡 일어나는 게 보였다. 정신이 없었다. 맞잡았던 녀석의 손도 어느 틈엔가 놓쳐 버렸다. 물길이 이렇게 깊구나. 마침내 머리끝까지 물이 차올랐다. 나는 겨우 눈을 뜨고 휘몰아치는 소용돌이를 찾아 그 사이로 헤엄쳐 들어갔다. 소용돌이 속에 702호로 통하는 입구가 있었기 때문이다.

하지만 또 무언가가 내 발을 세게 물었다. 두려움이 순식간에 나를 덮쳤다. 말로만 듣던 마구니였다. 구천소생촌에서 안전하게 지냈기에 실제로는 본 적이 없었다. 이진의 장례식 때도 냄새로 알았을 뿐, 그 모습을 확인하지 못했다. 마구니의 몸통은 뱀처럼 길었다. 얼굴은 마치 그물을 덮은 것처럼 피부가 조각조각 갈라져 있었다. 눈동자에는 핏빛이 서려 있고, 거대한 입에는 송곳니가 툭 튀어나와 번들거렸다. 나는 공포에 질리다 못해 얼어붙었다. 아무 생각도 할 수 없었다. 마구니 몸통에 붙은 비늘이 칼날처럼 세워진 상태였다. 꼬리를 휘두르며 물보라를 일으키는 모습이 섬뜩했다. 마구니는 눈을 게슴츠레 뜨고 천천히 내게 다가왔다. 이제 마구니 밥이 되는 건가. 이진은 내 옆에서 전혀 움직이지 않았다. 극도로 두려울 때면 영혼도 기절한다. 지금이 그런 상황이었다. 그때 물보라에 이리저리 움직이던 녀석의 몸이 내 뒤통수를 쳤다. 정신이 번뜩 들었다.

그 순간, 또 다른 힘이 느껴졌다. 고개를 들어 올려다보니 여섯 개의 팔이 나를 잡고 있었다. 팔들이 아주 빠르게 내 몸을 끌어 올렸다. 마구니가 미친 듯이 발을 붙들었지만 나는 온 힘을 다해 발버둥 쳤다. 결국 마구니가 물러났다. 아직 자기 밥이 될 영혼이 하나 더 있다고 여겨서인지 나를 붙잡는 데 힘을 덜 쓴 듯했다. 나는 세 위의 팔에 이끌려 간신히 물길 밖으로 나왔다. 연달아 기침을 하며 물을 토해 냈더니 정신을 차릴 수 있었다.

생각, 그래 생각을 해야 했다. 이대로 포기하면 녀석은 마구니의 밥이 되고, 나는 물방울로 변할 터였다. 동지까지 드론을 고치면 될까? 칭찬스티커 북을 다시 붙여 영혼 분리식을 하면 괜찮을까? 하지만 지금 당장 녀석이 마구니 밥이 되어 버리면 무슨 소용이란 말인가. 나는 녀석에게 꼭 윤회를 시켜 주겠다고 약속하지 않았던가. 녀석이 소멸하는 걸 지켜볼 수 없었다. 무엇보다 내 자신이 물방울이 되어 사라지고 싶지 않았다.

나는 결심해야만 했다. 그리고 행동해야만 했다. 더는 머뭇거릴 시간이 없었다. 나는 자리에서 일어나 방으로 들어갔다. 책상 위에 이진의 집에서 가져온 노란색 뜨개옷이 놓여 있었다. 나는 손을 뻗어 옷을 잡았다. 그런데 뒤따라온 골골해골이 내 팔을 잡고는 고개를 저었다. 나는 그 팔을 떼어 내며 웃어 보였다. 나도 무서웠다. 후회할지도 모른다. 이제 저승에 가면 기록을 되찾은 떼굴이, 미스터 점, 골골해골은 다 윤회해 버리고 나밖에 없을 테니 더 그렇겠지.

그러나 이 방법밖에 없었다. 어차피 이승에 오는 일 자체가 위험한 일이었다. 희생한다고 생각하지 않았다. 내가 존재하고 있음을 이진을 통해 알릴 수 있을 테니까.

"방법이 없다는 거 알잖아."

나는 뜨개옷을 입었다. 물론 이 옷은 저장 장치가 아니다. 하지만 이진의 영혼을 다른 영혼에 실을 매개체로 쓸 수는 있다. 나는 이진의 영혼을 데리고 삼도천을 건널 생각이다.

노란색 뜨개옷을 입고 다시 무구를 들었다. 거실에 이는 물보라가 더 거세졌다. 촛불이 꺼질 듯 깜박거렸다. 유리컵이 달그락거리고 창문도 흔들렸다. 나는 무구로 내 몸을 두드리며 읊조렸다.

"명부에 없는 혼을 데리고 삼도천을 건너려고 합니다. 거센 물길을 잠재워 주십시오. 삼도천을 건널 배를 내주십시오. 제 안에 스며든 영혼이 이승에서의 번뇌를 잠시 잊을 수 있도록 따듯한 안락함을 보태 주시기를 바랍니다."

 물보라가 거세게 달려들었다. 하지만 그뿐이었다. 나를 삼키지 못하고 코앞에서 허물어졌다. 그리고 점점 작아지더니 깨끗이 사라져 버렸다.

 대신 그 자리에 물안개가 퍼져 나갔다. 뜨개옷이 축축해졌다. 차갑기보다는 평온함이 느껴졌다. "고마워, 그리고 미안해."라는 말이 입안에 맴돌았다. 이진인가. 후회하리라던 생각과 달리 마음이 편안했다. 이거면 된 것 아닌가. 원래 선학 중 꼴찌였으니 어차피 차기 염라대왕은 욕심이었다. 그래, 라희야 잘했어! 미련은 또 다른 업장을 만든다는 걸 알잖아. 그만 모두 털어 내 버리자. 이진을 담은 내 육신에 모닥불이 켜졌다. 그 불씨를 바라보며 태블릿을 들어 찰나 앱을 눌렀다.

✦ 마지막 인사

지하철역은 아침부터 분주하게 움직이는 사람들로 붐볐다. 주변을 둘러보니 저기 율민이 있었다. 나는 옆으로 다가가 어깨를 톡톡 두드렸다. 이제 내 모습이 보이겠지. 율민은 놀란 토끼 눈을 하고 나를 보았다.

"잘 지냈니?"

"설마 오늘의 운세를 말해 주려고 온 건 아니지?"

"안심해. 이진이를 데려갔잖아. 네게 빙의될 영혼은 없어."

"그렇긴 한데, 어떤 영상에서 한 번 영혼이 들어갔다 나온 몸은 귀문이 열려 영혼들이 자주 드나들게 된다더라고."

"다시 빙의되고 싶어?"

율민은 떨떠름하게 웃었다. 내가 안 반가운가. 나는 그새 정이 많이 들었는데…. 섭섭했다.

"마지막 인사는 해야 할 것 같아서."

이 말을 뱉자, 끝이라는 게 실감이 났다.

"이진이는?"

"염라대왕이 해결하겠지."

"좋은 곳으로 가도록 네가 힘 좀 써 줘."

뜻밖의 말이었다. 나는 물끄러미 율민을 바라보았다. 율민은 큼큼 헛기침을 하더니, 휴대전화를 열어 글 하나를 보여 주었다. 이진이 율민에게 남긴 메모였다.

서율민. 내가 형이라고 안 부른다고 섭섭해하지 마라.

아빠가 고친 내 드론을 보니까 조금 미안하다는 생각이 들더라. 하지만 사과는 안 할 거야. 너는 아빠와 오랜 시간을 보낼 수 있잖아.

그리고… 부탁할 것이 있어. 우리 엄마를 가끔 만나 줘. 엄마는 나랑 같이 영화 보는 거 좋아했어. 한 번씩 엄마와 영화 데이트를 부탁해. 우리 엄마가 끓여 주는 라면도 맛있게 먹어 주면 좋겠어. 진짜 맛있을 거야. 대파랑 콩나물 넣은 라면이 끝내주거든. 아 참, 너도 먹어 봤지? 그러면 내가 더 설명 안 해도 되겠네.

아빠에게 가끔 내 얘기를 해 줘. 나라는 아들이 있다는 걸 아빠가 잊는 게 싫어서 그래. 또 때로는 네 엄마에게 내가 안아 주는 것이라고 말하면서 안아 드려. 나도 그분의 유전자를 받았으니까.

그렇다고 아빠를 용서하는 건 아니야. 그냥 내가 또 다른 나를 죽일 수는 없어서 물러난 거야.

삼도천 앞에서 녀석은 나에게도 마음을 털어놓았었다.

"어쩌면 아빠에게 화를 내고 싶은 마음이 이미 없었는지도 몰라. 내게 미안해하는 아빠와 시간을 보내면서 미운 마음이 수그러들더라. 좋아하는 반찬도 만들어 주시고, 자전거를 타고 한강을 함께 달리기도 했어. 그때는 그냥 내가 아빠 아들인 것 같았어. 하지만 율민이가 엄청나게 부럽기도 했어. 서율민은 이런 시간을 자주 보냈고 앞으로도 그러겠구나 하는 생각이 들어서 심통이 나기도 했지. 그렇지만 그런 생각이 드는 건 잠깐이었어. 아빠가 나를 위해 노력하고 있다는 걸 알고 있었거든. 그래서 어느새 나도 때가 되면 가야겠다는 생각이 들더라."

가족을 향한 마음이란 무엇일까 궁금했다. 다음 생에 이승에서 태어나면 오래오래 살아 보고 싶다는 생각을 하며 글을 마저 읽었다.

그리고 어려운 부탁인데, 내 죽음의 진실을 엄마에게 말해 줘. 나는 자살한 것도 아니고 타살은 더더욱 아니야. 복제인간이라는 사실이 괴롭기는 했지만, 엄마를 슬프게 하고 싶지 않아서 이겨 내려고 했어. 그래서 등산을 자주 갔어. 그런데 이상하게도 그날은 늘 다니던 등산로 말고 다른 길로 가 보고 싶다는 생각이 들더라. 길이 험해서 돌아가려고 했는데 갑자기 비가 오기 시작했어. 엄청난 장대비였어. 앞을 분간하기 어려울 정도였지. 그래서 발을 헛디뎠고, 어찌해 볼 새도 없이 가파른 비탈로 굴러떨어졌어. 그러니까, 우리 엄마에게 내가 다른 이유로 죽은 게 아니라 재미있게 놀다가 사고를 당해 죽은 거라고 전해 줘. 엄마 마음이 좀 편해지면 좋겠다.

끝으로, 파일럿이 되겠다는 네 꿈 꼭 이루길 바랄게.

이미 아는 내용이었다. 이진 엄마에게 약속한 것도 있었고 나도 궁금해서 삼도천 앞에서 이진에게 죽음의 원인을 물어봤었기 때문이다. 엄마에게 직접 말하지 못했을 이진의 마음을 생각하니 다시금 가슴이 아파왔다. 나는 휴대전화를 건네며 율민에게 말했다.

"이진 엄마에게는 내가 이미 말씀드렸어. 아 참, 너희 아빠는 어떠셔?"

"당분간 일을 쉬시겠대. 한가해져서 그런지 매일 나하고 뭐 하자고 해서 귀찮을 지경이야."

"그러실 만도 하지. 그래도 일상으로 돌아가서 다행이야."

지하철이 들어왔다. 출근길, 등굣길 지하철은 만원이었다. 우리는 사람들 틈을 겨우 파고들어 나란히 섰다. 나는 고개를 돌려 율민의 눈을 바라보며 물었다.

"그런데 서율민, 내가 없으니 어땠어? 보고 싶지 않았어? 꿈인가 생각도 했을 텐데."

"네가 사라지고 나니 내 시간이 정상으로 돌아왔어."

그러니까 내가 사라져서 좋았다는 말인 거네. 괜히 서운했다. 비록 이진이 율민의 몸에서 주인 행세를 할 때도 있었지만, 나는 이승에서 율민과 함께 보낸 시간이 아주 많이 그리웠다. 학교 안팎에서의 기억도 모두 마음 한편에 차곡차곡 쌓였다. 심지어 빛나와의 유치한 신경전도, 준석이의 능글맞은 농담도 아쉬웠다. 그런데 나만 그랬었나 보다.

"이거 볼래?"

율민이 다시 휴대전화를 내밀며 사진 하나를 보여 주었다. 고양이 집을 만들던 날, 가영에게서 전송받은 사진이었다. 사진에는 녀석과 내가 표정 없이 서 있었다. 옆으로 넘기니 놀이공원에 간 사진도 있었다. 하루는 이진이 자기는 놀이공원에 가 본 적이 없다면서 소원을 들어달라고 말했다. 그때 나는 녀석의 마음을 돌리기 위해 뭐라도 했다. 놀이공원은 끔찍했다. 사람들이 질러대는 소리가 꼭 지옥에서 나는 비명 같았기 때문이다. 그러나 녀석은 아랑곳하지 않고 나를 끌고 다녔다. 그러면서 종종 사진을 찍었다. 쓸데없는 짓을 한다고 생각했는데, 어쩌면 녀석이 율민에게 선물을 남겨 주고 싶었던 건 아닐까 하는 생각이 들었다.

"이거 보니까 좋았어. 이진이랑 너를 기억할 수 있는 거잖아."

내 마음이 스르르 풀렸다. 웃음이 비죽 새어 나왔다. 창문 밖을 보던 율민이 나를 돌아보며 물었다.

"이제 차기 염라대왕이 되는 거야?"

"아니. 이진이를 내 몸에 실어서 가는 건 금기였거든. 그걸 어겼으니 염라대왕은 물 건너갔어."

율민의 얼굴이 굳었다. 나는 빙긋 웃으며 이어 말했다.

"그래도 구천소생촌에서 벗어나긴 해. 금기는 어겼어도 문제는 해결했잖아. 그래서 천국에 갈 거야. 매일매일 맛있는 음식을 먹고 웃을 일만 있는 천국이 지겹기는 하겠지만, 구천소생촌보다야 낫겠지."

"천국에 염라가 사는 거네. 천국과 저승의 조합이라니, 좀 웃긴다."

듣고 보니 그랬다. 극락이라는 단어가 어색할 것 같아 천국이라고 했더니 더욱 이상한 조합이 되어 버렸다. 그래도 상관없었다. 비록 목표에서 벗어났지만, 어쨌든 내 임무 수행의 결과로 천국에 가게 되는 거니까. 나는 싱긋 웃어 보이며 말했다.

"염라가 산다고 천국이 지옥이 되지는 않을 거야."

"말발은 여전하네."

우리는 어제도 만났고 내일도 볼 사이처럼 의미 없는 말을 주고받았다. 곧 율민이 내릴 역에 도착했다. 나는 율민의 귀에 대고 나직하게 속삭였다.

"잘 가. 이 지하철도 오늘로 끝이야. 한 천 년 정도 지나면 윤회할 수 있으니, 그때 다시 만나자."

울컥했다. 콧마루가 시큰거렸다. 왜 이러지. 나는 그저 임무를 하러 온 거였다. 그런데 지금은 정말로 이 인연이 소중해졌나 보다. 그렇게 생각하는데, 율민이 내 귓가에 입을 대고 속닥였다.

"너도 잘 가. 그때는 내가 너를 보호해 줄게. 고마웠어."

율민이 내렸다. 나는 율민을 보고 손을 흔들었다. 문이 닫히는 동안 율민은 그 자리에 서서 나를 가만히 쳐다보았다. 지하철이 움직였다. 율민이 점점 멀어져 갔다. 마음이 아렸다.

삼도천에서 자율주행 선박을 기다렸다. 이승에서 보낸 삶을 떠올리며 여러 가지 생각에 잠겼다. 하지만 그럴 겨를을 주지 않겠다는 듯 금세 선박이 도착했다.

"안 탈 거니?"

삼도천 앞에서 행렬을 정리하던 저승 차사가 물었다. 나는 다음 배를 타겠다고 말하고는 옆에 있는 편의점으로 들어갔다. 방금 죽은 이를 위해 마련된 편의점이라서 이승과 똑같았다. 노잣돈을 받은 영혼들이 여기서 마지막 만찬을 즐겼다. 나는 선박을 타는 영혼들을 통창 너머로 바라보며 삼각김밥과 컵라면을 먹었다. 맛이 느껴지지 않았다. 저승도 아니고 이제 삼도천에 왔을 뿐인데 너무하네. 이승에서 세 위와 같이 먹던 햄버거, 피자,

치킨, 떡볶이가 생각났다. 서른한 가지나 되던 아이스크림 맛이 혀끝에 감돌았다. 갑자기 욕이 튀어나올 만큼 화가 났다. 나는 자리에서 일어나 남은 삼각김밥과 컵라면을 모두 버렸다. 그러자 알바 영혼이 내게 호통쳤다.

"버린 음식은 명경대 앞에서 다 먹어야 한다는 거 몰라?"

"나는 사명부에 기록이 없거든. 윤회 한 번 안 해 본 영혼이라고."

알바 영혼은 이해하지 못하겠다는 얼굴로 나를 쳐다보았다. 어쩐지 의기양양해졌다.

"나는 삼도천을 건너도 명경대 앞에 서지 않아. 그러니 내가 버린 음식을 먹을 일도 없지."

"그럴 리가."

"내가 복제인간 영혼을 해결했다는 이야기 아직 못 들었어?"

"듣긴 했는데…. 그게 너라고?"

알바 영혼이 입을 다물었다. 그리고 내 눈치를 살살 살피며 제자리로 돌아갔다. 아마 영혼 튕김 현상을 해결하러 이승에 간 선학이 금기를 어겨 결국 염라대왕도 못 되고 사명부에 복원도 안 되었다는 소문을 들은 거겠지.

이제 편의점을 나가려는데, 딸랑 하는 소리와 함께 문이 열렸다. 서천꽃밭 관리자인 한락궁이였다. 한락궁이는 저승으로 치자면 저승 차사와 같았다. 저승 차사는 죽은 이를 데려올 뿐 아니라 메타저승 시스템을 운영하고 염라대왕을 보필하며, 때로는 마구니로부터 영혼을 지키는 일도 한다. 한락궁이도 똑같았다. 저승 차사가 하는 일을 서천꽃밭에서 한다는 것만 달랐다. 그래서 한락궁이가 여기에 나타난 게 이상했다. 여기는 분명 저승의 영역이었다. 나와 눈이 마주친 한락궁이가 말을 걸었다.

"네가 복제인간의 영혼을 저승으로 데려온 라희니?"

"그런데요."

"삼신할미가 찾으신다. 서천꽃밭에 문제가 생겼거든. 이번 일을 잘 처리하면 삼신할미 자리를 물려주겠다고 하시더라. 차기 염라대왕 자리를 버리면서까지 주어진 과제를 제대로 해낸 네 이야기에 감동받았다고 하셨어. 너야말로 삼신할미 자격을 갖춘 영혼이라면서 꼭 데려오라고 부탁하셨지."

헛웃음이 나왔지만 곧 마음을 다잡았다. 이번에는 염라희가 아니라 삼신라희인가. 만약 이승으로 다시 가게 된다면 그땐 신라희라고 지어야지. 솔직히 나는 삼신할미가 되는 것에 관심이 없었다. 그러나 거래는 할 수 있었다. 조건을 달아 봐야겠다. 삼신할미 자리를 주는 대신 이승에서 태어나게 해 달라고. 천국은 지겨우니 말이다. 나는 입꼬리를 올리고 웃으며 대답했다.

"언제 뵈러 가면 되나요?

작가의 말

지하철을 기다리며 평소처럼 휴대전화를 보고 있던 어느 날이었습니다. 누군가가 전화를 받더니, "미리 말해 줬으면 좋았잖아."라고 말하며 지하철 계단을 다시 올라갔습니다. 저는 그 사람이 받은 전화 내용이 무엇일지 상상했습니다.

약속이 취소되었다는 말이었을까요? 아니면 무언가를 가져다 달라는 부탁이었을까요? 의외로 상상할 수 있는 내용이 많지 않았습니다. 저는 다시 휴대전화로 시선을 돌려 뉴스를 보았습니다. 그때 제 눈에 들어온 기사가 있었습니다. 지하철이 탈선하는 바람에 운행에 차질이 빚어지고 있다는 소식이었습니다. 제가 타려던 지하철이 아니어서 다행이라는 생각이 들었습니다.

그런데 그 순간, 하나의 아이디어가 떠올랐습니다. '만약 지금 도착한 이 지하철이 탈선하게 된다면, 지하철을 기다리다 전화를 받고 떠난 그 남자는 어떤 생각을 할까?' 불운이 행운이 되었다고 생각할까요? 아니면 아무 생각도 하지 않을까요? 이번에는 머릿속에서 다양한 시나리오를 그리며 이야기를 만들 수 있었습니다. 평범한 하루였지만, 그날의 상상은 꽤 강렬했고, 결국 이 작품의 모티브가 되어 제 작품 폴더에 자리 잡게 되었습니다.

처음에는 이 이야기를 로맨스로 쓰려고 했습니다. 매일 아침 운세를 말해 주는 사람과의 로맨스를 상상했습니다. 이왕이면 나를 살려 주고 지켜 주는 사람이 역설적으로 죽음과 관련된 인물이면 좋겠다는 생각으로 이야기의 얼개를 짰습니다. 그래서 만든 설정이 바로 염라대왕과의 로맨스였습니다.

문제는 성인 로맨스의 '로' 자도 쓰기 어려워하는 탓에 처음부터 삐걱거렸다는 점입니다. 고심 끝에 청소년 소설 작가의 모습으로 돌아가 지하철 장면과 주인공이 염라대왕이라는 설정만 남기고 새롭게 구상했습니다.

쉽지 않았습니다. 그중 가장 고심한 부분은 새로운 저승 세계를 그리는 것이었습니다. 근엄한 사후 세계가 아니라 조금은 유쾌한 장소로 만들고 싶었습니다. 그리고 인간 세상에 고정불변의 것이 거의 없듯이 사후 세계도 같은 원리로 구성하고 싶었습니다. 인간은 신의 세계를 모방해서 이승이라는 곳에서 산다고 여기기 때문입니다. 그래서 염라대왕, 옥황상제, 삼신할미 같은 우리 전통적 사후 세계의 관리자들이 자기 자리에 영원히 머무르는 대신, 일정 기간 후에 새로운 영혼이 그 자리를 계승하도록 설정했습니다. 그래야 사후 세계 안에 다양한 이야기가 피어날 수 있으리라고 생각했습니다.

다행히 제 의도가 통했는지, 사회평론 공모전에서 당선이라는 선물을 받았습니다. 하지만 저는 여전히 불안합니다. 저승의 이야기를 통해 정체성에 관한 질문을 던지는 작품이라 그렇습니다. 과연 제 의도가 독자분들께 잘 전달될지 지금도 마음을 졸이고 있습니다.

이 작품은 표면적으로는 복제인간에 관한 이야기입니다. 하지만 자세히 들여다보면 청소년기를 지나며 한 번쯤 생각해 보게 되는 '나는 누구일까?'라는 질문을 담고 있습니다. 우리는 다양한 상황에서 자신의 존재에 대해 고민하는 시간을 갖습니다. 그 뿌리가 부모님일 수도 있고 신일 수도 있겠지만, 변하지 않는 것은 '나'라는 존재에 대한 근본적인 질문입니다. 그러나 한편으로 저는 제 작품이 독자들의 고민을 더 깊게 만드는 이야기가 아니었으면 합니다. '나는 누구일까?'라는 의문보다는 '나는 내 자리에서 내가 되어 가고 있다.'라는 사실을 기억해 주시길 바랍니다. 인생이라는 시간 속에서 비바람이 불어닥치더라도, 결국 서율민이 한 명의 고등학생으로서 살아가고, 윤회를 한 번도 경험해 보지 못한 라희가 우주의 존재로서 지내듯, 각자의 자리에서 서율민과 라희가 되어 잘 살아 내기를 진심으로 바랍니다.

끝으로, 이 작품이 세상에 나오기까지 저를 가르쳐 주신 스승님들과 제 작품에 의견을 모아 주신 문우들에게 지면을 빌려 감사 인사를 드립니다. 고맙습니다.

                                                  이담 드림

사회평론
청소년문학 01

천국에 염라가 산다

발행일 2025년 8월 4일 (1판 1쇄)
2025년 9월 8일 (1판 2쇄)
글쓴이 이담

펴낸이 윤철호
어린이사업본부장 은지영
편집 김지은, 윤영빈
마케팅 윤영채, 정하연, 염승연, 안은지, 박찬수
디자인 Studio Marzan 김성미

펴낸곳 (주)사회평론주니어
전화 02-326-1182 • **팩스** 02-326-1626
주소 03993 서울시 마포구 월드컵북로6길 56 사평빌딩
출판 등록 2018-000250(2018년 8월 21일)

ⓒ 이담, 2025

이 책 내용의 일부 또는 전부를 다시 사용하려면
저작권자와 사회평론주니어의 동의를 받아야 합니다.
잘못 만들어진 책은 구입하신 곳에서 바꾸어 드립니다.

ISBN 979-11-974070-8-6 43810